ベリーズ文庫

# 冷徹御曹司のお気に召すまま

## ～旦那様は本当はいつだって若奥様を甘やかしたい～

惣領莉沙

JN167594

STARTS
スターツ出版株式会社

# 第一章　冷ややかなお見合い

温かな手が、優しく背中をなでている。
その動きに合わせるように呼吸は整い始め、彩実《あやみ》は静かに目を開ける。
『なにも心配することはないですよ。——ゆっくりしていてください』
まるでここにいればなにもかもが大丈夫だと思わせてくれるような、心地いい声。
ほのかに漂うシトラスの香りのするほうへ、静かに視線を向けると、そこには……。

＊＊＊

残暑厳しい九月半ば、リニューアルオープンを三カ月後に控えた住宅展示場内の一画ではスマホで通話中の若い男性を囲んだ十人ほどが、期待に満ちた表情を浮かべていた。

「先ほど役員会で、小関家具《おぜきかぐ》さんの商品をモデルハウスで使うことが承認されたそうです」

# 冷徹御曹司のお気に召すまま
## ～旦那様は本当はいつだって若奥様を甘やかしたい～

通話を終えた男性の声に、その場にいた誰もがホッとした表情を浮かべた。

「住宅展示場で小関家具さんの商品を置くのはうちが初めてだから、きっと大きな話題になりますよ」

「そうね。大量生産していないからって小関さんに渋られたときは焦ったし、うちの頭の固い役員たちが簡単にOKするとは思えなかったからね。でも、いい商品だから絶対使いたかったの。これでますます注目を浴びて人気も高まるはずよ」

如月《きさらぎ》彩実は大きな笑みを浮かべ、胸の前で軽くガッツポーズをつくった。

その瞬間、背中の真ん中あたりまでまっすぐ伸びた栗色の髪が、夕方のやわらかな日差しに輝き、揺れた。

眉より少し上で切りそろえられた前髪の下から覗く大きな目は、髪の色よりも少し濃い茶色で印象的だ。長く豊かなまつ毛に彩られ、見つめられれば誰もが引きつけられる。

彩実は、口紅をつける必要もないい赤く形のいい唇の間から、ふふっと小さな笑い声をあげた。

ようやく理想のモデルハウスを完成させられそうでスキップしそうになるが、ほかのハウスメーカーの人間や現場で工事を続ける作業員たちも多いと気づき、ぐっとこらえた。

オープンからすでに三十年が経つ住宅展示場は、広い敷地内のどこも劣化していて、半年前から全面改装工事が行われている。

現在、展示場一帯の工事とともに、十八の住宅会社が合わせて二十棟のモデルハウスを新しく建設している。

住宅会社大手の『如月《きさらぎ》ハウス工業《こうぎょう》』も住宅二棟を新築した。

一棟は二世帯住宅で、建築面積も広く内装工事もほぼ終わり家具の搬入も完了している。

十二月に市場に投入される新商品なので、カタログ用の写真やＣＭ撮影も行われることから、通常よりも早いペースで進められたのだ。

来週のＣＭ撮影が終わればひと区切りつくこともあり、彩実は目の前にあるもう一棟のことで頭の中はいっぱいだ。

展示場の受付ともいえるセンターハウスを抜けるとすぐに目に入る絶好の場所に建っているそれは、少し離れた区画に建っている二世帯住宅よりも小さな家だ。

ベージュの外壁と茶色の寄棟の屋根がかわいらしい家は、初めて家を建てる若い年齢層向けのもので、発売以来好調な売り上げを出している人気商品だ。

発売三年目を迎え、マイナーチェンジを施してさらなる売り上げ増加を狙っている。販売ターゲットの年齢層を考え、モデルハウスでは、今三十代から四十代に人気の小関家具の商品を全室に使うことになった。

小関家具は、創業七十年を誇る老舗で、生産の多くの工程を技術ある家具職人の手で行う有名家具店だ。

安価な外国製品が売り上げを伸ばす中、質の高いものを長く使ってほしいという創業者の熱い思いに従い、今も大勢の職人の手によって商品が作られている。

「じゃあ、予定していた家具を小関さんにオーダーして、いつ頃納品してもらえるかを確認……あと、それ以外の小さな展示品は、会社に戻ってから最終調整しよう」

彩実は、タブレットを見ながらてきぱきと指示を出した。

彼女とともに外構の確認をしていた面々は、引き締まった表情でうなずいた。

この場にいるのは彩実を含むモデルハウス企画運営部の面々で、全国各地の住宅展示場への出展や撤退などを含め、イベントの企画および運営を担当している。

今年二十五歳の如月彩実は、兄の影響を受けて大学で建築を学んだ後入社し、すぐに建築士の資格も取っている。この仕事が大好きで、入社以来あらゆる展示場を見て回った。

家を建てるという一生に一度あるかないかの大きな出来事に立ち会える喜びと、少しでもよりよい将来をつくる作業への緊張感。

その第一歩となるモデルハウスでの仕事は、彩実にとっては天職とも思えるやりがいのある仕事なのだ。

今回のリニューアルに関しても、一年前に決まって以来積極的に携わってきた。

最近ではおしゃれな住宅展示場も多く、恋人たちのデートスポットにもなっている。

そんな流れもあり、彩実は小関家具とのコラボという企画を打ち出したのだ。

何度も小関家具に通い、そして自社の上層部に企画書を提出して実現に向けて力を尽くした。

『若い世代に、人気の家具をそろえた家を実際に目にし、手に触れてもらうことで、家を建てたい、こんな家に住みたいという意識を高め、契約につなげる』

その強い思いをのせた企画書には小関家具のプロフィールも詳しく書かれ、三十ページに及ぶそれは、社内でも評判になった。

彩実は目の前に建つモデルハウスを見上げ、満足気に微笑んだ。もちろん周りのメンバーたちも同様の思いでいる。

役員会の承認が得られれば、すぐにでも次の段階に進めることができる。具体的に動けることとなり、さらに彩実の気持ちは弾んだ。

「これでようやく今日は安心して寝られそう」

彩実はタブレットを持ったまま大きく体を伸ばした。

そのとき、彩実の傍らに、営業部の芝本《しばもと》和斗《かずと》が並んだ。

「よっ。久しぶりだな」

今年入社七年目の芝本は営業成績が抜群の明るい営業マンで、彩実の兄・咲也《さくや》の大学時代の親友でもある。学生時代からの知り合いでもある彩実と仕事で顔を合わせるたび、気安く声をかけるのだ。

「俺も気になって電話で聞いたけど、小関家具の件、役員会ではなんの異論も出なかったそうだぞ。あの化石みたいに頭が固いじいちゃんたちを、どうやって丸め込んだんだ？」

「丸め込んだなんて、失礼ですよ。ただ、まあ。こんなときくらいは奥の手を使おうかなと……。ははっ」

彩実はそう言って視線を泳がせた。

「ということは、咲也を味方につけて根回しをしたのか？」

彩実との距離を詰め、近くで作業中のメンバーを気にしながら芝本はささやいた。

「いえ、えっと……実は、会長を丸め込み……じゃなくて、直接説得したんです」

彩実も小声で答えた。

「はっ？　それはなんとも、すごいな。奥の手というより、最後の切り札だよな」

驚いて一瞬息をのんだ芝本に、彩実は苦笑する。

「最後というのは大げさですけど、まあ、切り札ですね。一応、私は会長の孫なので」

「そこまでして小関家具を使いたい気持ちはわからなくもないけど、あの昔ながらの頑固なじいさんがよくOKしてくれたな。役員会で異論がひとつも出ないってことは、あらかじめ会長からも指示があったってことだろう」

「……そうですね」

「そうですねって、お前、他人《ひと》ごとみたいに言うけど、大丈夫なのか？」

芝本は彩実を心配し、不安気な声で問いかけた。

「小関家具を採用する代わりに、なにか交換条件でも出されたんじゃないのか？」

「さすが、鋭い」

察しがいいのは普段通りだなと、彩実は芝本を見上げた。

「やっぱり、おじい様……ではなく。会長の性格をよく知ってますね。まあ、お見合いをしろって命じられたんです」

　もしも見合いを断れば、モデルハウスに小関家具の商品は採用しないと、彩実の祖父である如月賢一《けんいち》に断言されてしまったのだ。

　順調に進んでいるモデルハウスの計画が頓挫すれば、今まで力を尽くしてがんばってきたメンバーたちの落胆は相当なものだろう。それだけはなにがなんでも避けたい。それに、このお見合いに奇跡ともいえるもうひとつの魅力を感じていた彩実には、断ることなどできなかった。

「見合い……。うーん。なるほど。で、相手は誰だ？」

　彩実を心配しつつも、如月ハウスの創業者であり現会長である賢一をよく知る芝本は、すぐに納得し興味深い表情を浮かべた。

「相手は、たぶん芝本さんも知ってると思いますけど。白石諒太《しらいしりようた》さん。国内に七カ所、海外に六カ所ある『白石ホテル』の御曹司です」

「白石って、え、先月だったか、フランスのリゾートホテルを買収して話題になった彼のことか？」

　驚きのあまり、思わず声をひそめた芝本に、彩実はこくりとうなずいた。

「そうです。リゾートホテルを三つも買収して、それでもまだ物足りないってインタビューで答えていたあの白石諒太さん。でも、お見合いしてもきっと断られると思いますけどね」

相手は七歳年上の、極上というより雲の上の御曹司。おまけに端整な見た目ゆえにマスコミからいつも注目されている。

女性との噂は事欠かないような大人の男性が、自分との結婚を望むとは思えない。

それ以前に、先方はお見合いの話自体を断ってくるだろうと、彩実は冷静に考えている。

それでも彩実がお見合いをすると決めたのには、ふたつ理由があった。ひとつは今手がけているモデルハウスに、小関家具の商品を使うためだ。

事前にアポを取って会長室に出向き、ぜひとも小関家具の商品をモデルハウスに採用したいと申し入れた彩実に。

『わかった、好きにしろ。その代わり、見合いをしてもらうぞ。俺の正統な孫でもないお前が、いつまでも如月の本家にいられるとは思ってないだろう？　どうせ結婚して出ていくなら如月の利益になる結婚をしろ』

賢一は威圧的な声でそう言った。

そして傍らに控えていた秘書から、いつのまにか用意されていた、写真とプロフィールが入った封筒を手渡されたのだ。

『その白石って男、何度か同友会《どうゆうかい》の会合で会ったことがあるが、若造のくせに生意気でむかつく男だ。だが如月家の将来を考えれば、白石グループとの縁はどうしても欲しい。ちゃんとその身上書を読み込んで、気に入られてこい。しくじるなよ』

慣れているとはいえ、彩実の気持ちにはいっさい配慮しない賢一の言葉に、彩実は寂しさを隠すようにうなずいた。

寂しいが、それも仕方がないかと、あきらめてもいる。戸籍上では孫でも、血縁上では彩実は賢一の弟・吾郎《ごろう》の孫だ。

「あ、そんな同情するような目で見ないでください」

彩実はかわいそうな捨て猫を見るような目で見つめる芝本に、明るくそう言った。

芝本は如月家の事情をよく知っていて、彩実のことも「難しい立場にいる女の子」として見ている。

今も、断られるとわかっている見合いに臨まなければならない彩実を健気《けなげ》に思っている。いや、同情しているといってもいいかもしれない。

けれど彩実には、会社のこと以外にもうひとつ見合いを受けた理由がある。だから、芝本が心配するほど悲観的ではなかった。

「とにかく、まずは小関家具の商品の採用が決まったから、それでＯＫ。お見合いも、私と結婚しても白石家になんのメリットもないとわかれば先方から断ってくるだろうから、大丈夫。私にはなんの変化もない」

彩実は話はこれで終わったとばかりに、きっぱりと言いきった。

目の前には、小関家具の商品が採用されると決まったモデルハウス。この半年心血を注いだプロジェクトが、すでに成功した気分だ。

彩実は賢一から命じられた見合いへの不安を振り払うように、口もとを引き締めた。

如月ハウスは、今年創業六十周年を迎えるハウスメーカーで、業界一、二を争う売り上げを誇っている。

戸建住宅の建設やリフォームからリゾート関連事業など多岐にわたって事業を展開。多くのグループ会社を持ち、その売り上げは昨年二兆円を超え、国内の経済を大きく動かす巨大企業だ。

創業者である如月賢一は今年八十四歳。

八十歳を迎えた四年前に、社長の座を亡き娘・佑香《ゆか》の婿だった直也《なおや》に譲り、自身は会長となった。

会社の経営状態が盤石で直也に譲っても揺らぐことはないと判断したことと、自由に使える時間を確保して、まだ若い咲也に直接仕事を教えたり社交の場に連れ出して人脈を広げさせたりしようと考えてのことだった。

とはいえ社内での発言力は直也以上で、今もその力を社内外で発揮し続けている。

直也はもともと如月ハウスの社員で、婿養子として佑香と結婚した。

佑香亡き今、直也には賢一に意見できるような力も、バックアップしてくれる有力者もいない。

社長というのは名ばかりで、直也と佑香の息子である咲也が社長に就くまでのつなぎとしてしか見られていないのだ。

直也が佑香と結婚したのは、当時賢一の秘書をしていた直也を佑香が気に入り、賢一から佑香との結婚を命じられたからだ。

結婚した翌年に双子の咲也と晴香《はるか》が生まれたが、双子が一歳になってすぐの頃、すでに直也への関心を失くしていた佑香は、浮気相手と旅行に出かけ、交通事故で亡くなった。

現在二十九歳の咲也は如月家の後継者として幼少期から期待され、現在は如月ハウスの経営企画室で賢一から直接仕事を学びつつ、社長に就任する日に備えている。

咲也の双子の妹の晴香は、大学を卒業後如月ハウスの系列企業で一時期働いていたが続かず、今は如月家本宅の離れで自由気ままに暮らしている。

賢一から多額の小遣いをもらいながらの贅沢三昧。とくに二年前それまで付き合っていた恋人と別れてからは、離れにこもることが多くなり、そこでなにをしているのかわからない。

恋人と別れるきっかけをつくった妹の彩実に対しては、二年経った今でも怒りを隠そうとせず、たまに母屋で顔を合わせても無視するばかりだ。

彩実は晴香と仲直りしたいのだが、そのためには晴香には知られたくない過去の出来事を伝えなければならず、彩実はその秘密をひとりで抱え、悩み続けている。

そして直也は、佑香が亡くなってすぐ賢一の指示によって佑香のいとこである麻実《まみ》子《こ》と再婚し、彩実をもうけた。そして今では互いに愛し合い幸せで穏やかな毎日を過ごしている。

賢一の弟の娘である麻実子は、母方の祖母がフランス人であることから如月家の親族の中で異端児扱いされながら育ってきた。

ライトブラウンの髪と瞳。そしてすらりとした体形は日本人以外の血が流れているとひと目でわかり、色白で小さな顔はまるでフランス人形のように美しい。

そんな麻実子の娘である彩実の美しさもまた、かなりのものだ。

身長は一五八センチだが、麻実子以上に華奢《きゃしゃ》で手足が長く、腰の位置が高い極上のスタイル。目鼻立ちがはっきりとした顔は、麻実子ほどフランスの血がルックスに反映されていないが、誰もが目を留めるほど美しい。

彩実本人は自分の外見にそれほど興味がなく、子どもの頃から大好きな父の力になろうと一生懸命勉強し、それ以外のことは二の次という生活を続けている。

二十五歳になった今も恋愛経験のひとつもなく、ひたすら仕事に励む日々だ。

そんな彼女に突然賢一から言い渡された見合い話。その話自体、先方に受け入れてもらえないだろうと考えていたけれど——。

彩実の目論見ははずれ、当然ながら直也と麻実子も賢一には逆らえず、いよいよ見合い当日を迎えた。

指定された白石ホテルに着きロビーを歩いていたとき、彩実は直也から思いがけないことを聞かされた。

「え、ちょっと待って。これって、もともとは姉さんが断られたお見合いなの？」

窮屈な振り袖と履き慣れない草履《ぞうり》に苦戦していた彩実は、立ち止まり大きな声をあげた。

「今日のお相手の白石さんと姉さんが、お見合いしたってこと？」

信じられないとばかりに詰め寄る彩実に、直也は気まずそうな表情を浮かべた。

「実はそうなんだ。二カ月ほど前、会長が白石家に話を持ち込んで一席設けてもらったんだが……」

直也はハンカチで額に浮かんだ汗を拭きながら、言いづらそうに言葉を続けた。

「それで、姉さんはどうしてお見合いを断ったの？」

彩実には離れに閉じこもっている晴香がお見合いに出向いたことが、信じられない。

「もしかして、おじい様に命令されて、姉さんを騙してお見合いの席まで無理やり連れていったの？」

そうとしか思えず、彩実はため息をついた。

賢一が直也に無理を強いるのは日常茶飯事だ。

嫌がる晴香をどうにか説得して見合いに連れ出したのだろう。

仕事に就かず、勝手気ままに暮らしている晴香の毎日を快く思っているわけではないが、だからといって無理やり見合いをさせるのはおかしいと、彩実は直也に厳しい目を向けた。

「いや、違うぞ。俺だって晴香に無理強いさせるつもりはなくてだな。会長に怒鳴られるのは慣れてるから、晴香のために頭を下げて見合いは断ろうと思ったんだ」

彩実の目が疑うように細くなる。

そのとき、麻実子がふたりの会話に割って入ってきた。

「晴香さんは会長からお見合いの話を聞かされたとき、ふたつ返事で承知したのよ。お相手の写真を見ていたから、きっと気に入ったんだろうと思って、当日もなんの心配もなく私たちと咲也さんの四人でお見合いの席に行ったんだけど」

麻実子は困ったように小さく息を吐き、直也と顔を見合わせた。

「え……お見合いの席で、なにかあったの？」

彩実はどういうことなのかと首をひねった。

「気に入らないことがあって、姉さんがすぐに帰っちゃったとか……？」

「いや、それは違う。晴香は最後までちゃんといたし、相手の諒太くんとホテルの庭園でふたりきりで楽しそうだったんだけど」

直也の言葉に、彩実は眉を寄せた。

すると、うまく話せない直也を見かねた麻実子が再び口を開く。

「私たちにもよくわからないのよ。お見合いのときのふたりは気が合って雰囲気もよかったから、きっといいお返事をいただけると思ったんだけど、当日の晩、白石家からお断りの連絡があったの」

「え、でも、ふたりともいい感じだったんでしょう?」

不思議に思った彩実の言葉に、直也と麻実子はうなずいた。

「なぜか晴香さんも断るつもりだったって言うし、いまだにその理由はわからないの。ただ、会長が激怒してしまって。それ以来晴香さんとは会おうとしないしお小遣いはストップされてるし」

麻実子は直也と顔を見合わせ、首をひねる。

「いいご縁があってよかったと思ったんだけど、結婚となると、なかなかうまくいかないわね」

「母さん、なにのんびりとしたことを言ってるのよ。姉さんを猫かわいがりしているおじい様がお小遣いをストップするほど怒るって、相当だと思うけど」

賢一は亡くなった娘の忘れ形見である咲也と晴香を溺愛し、ふたりのために如月ハウスを大きくしたといっても過言ではない。

だからこそ晴香には、高級ホテルグループを率いる白石家の御曹司との結婚を用意したはずだ。

いずれ賢一が亡くなった後、なに不自由ない生活が送れるよう、配慮したのだろう。

けれど先方から断られたうえに、晴香も乗り気ではなかったとなれば、面目をつぶされ、激怒したに違いない。

どういうことだろうと三人で首をひねっていたとき、麻実子がハッと腕時計に目を向けた。

「こんなところで話し込んでいる場合じゃないわ。先方をお待たせするのは申し訳ないから急ぎましょう」

「え、でも姉さんがだめなら次は私とって。そんなお見合い、先方に失礼じゃない？　おじい様はどこまで如月家を大きくしようと思ってるの？」

この場に来るまで、白石ホテルの御曹司との縁談などまとまるわけがなく、早々に断られるだろうと安易に考えていた彩実は、想定外の状況を知り青ざめた。

一度会えばそれで賢一は納得し、これ以上彩実に縁談を用意することもないだろうと思っていたのだが。晴香に続いて彩実までが断られれば、それこそ両親も彩実も賢一の逆鱗に触れ家を追い出されるかもしれない。

咲也がいずれ社長になれば、そのときこそ直也の存在は無用となる。直也の娘である彩実など、他人も同然。

そう考えたとき、彩実は追い出されるならそれでいいのではないかと、ふと思った。

直也が社長の職を解任されたとしても、麻実子とふたりで暮らしていけるだけのたくわえはあるだろう。それに、いずれはこれまで何度も訪ねたことのあるフランスの麻実子の親戚が経営しているブドウ農園を手伝いたいと、ふたりは事あるごとに口にしている。

ふたりはきっと、面倒なしがらみからとっとと逃げ出してフランスでの新しい生活を始めるに違いない。

彩実だってそうだ。

選択肢のひとつとして両親とともにフランスに行くというのもありだが、今なら建築士の資格を生かしての転職も可能かもしれない。

「彩実ちゃん、急ぎましょう」

水色のレース地のワンピース姿の麻実子が、振り返りながら彩実を手招く。

「ちょっと待って。草履って歩きづらいのよ……」

彩実は着物の裾が乱れないよう気をつけながら、直也と麻実子に続いてエレベーターに乗り込んだ。

見合いの席として指定されたのは、高級レストランが並ぶ最上階の中でもとくに有名な日本料理店だ。

エレベーターの階数表示を見ながら、彩実は気持ちを落ち着かせるように深呼吸をする。

賢一から白石家の御曹司との見合いを強制され、かつ必ず縁をつなぐよう厳命されたときにはプレッシャーを感じたのは事実だ。けれど彩実は心の中ではこの見合いを喜び、白石諒太に会えるのを楽しみにしていた。

彩実にとって白石諒太は、たった一度だけ会ったことがある、手の届かない男性であり、そして、長い間ひっそりと気にかけていた存在でもあるからだ。

エレベーターが最上階に着き、静かに止まった。

彩実たちは緊張しながら、目の前の高級感あふれる店に向かって歩を進める。

店の前では淡いベージュの着物姿の仲居が三人を待っていた。

「如月様でいらっしゃいますね。お待ちしておりました。白石家の皆様はすでにお部屋でお待ちですのでご案内いたします」

にこやかにそう言って頭を下げる仲居を前に、三人は顔を見合わせた。

どうせ断られるのだから、せめて失礼のないようにと考えていたというのに、相手を待たせてしまうとはとんでもないと、慌ててしまった。

格子の引き戸を抜け、店内に案内された三人は無言で仲居についていく。

26

・

そして、京の町家のように細長い板張りの廊下を抜けると、仲居は最奥の一室のふすまの前で立ち止まった。

「失礼いたします。お連れ様をご案内いたしました」

「どうぞ」

廊下に膝をついた仲居が、両手でゆっくりとふすまを開いた。

まずは直也が、そして麻実子が恐縮しながら部屋に入った。

「失礼いたします。遅くなりまして申し訳ありません」

頭を下げる両親の後に続いて部屋に入った彩実も、すぐに頭を下げた。

結い上げた頭が少し重い。

「お待たせしまして、申し訳ありません」

丁寧にお辞儀をし、ゆっくりと頭を上げた彩実の目に映ったのは、お世辞にもこの見合いを喜んでいるとは思えない、不機嫌な表情の男性だった。

白石ホテルの御曹司であり、彩実の見合い相手である白石諒太だ。

諒太の姿を認めた途端、彩実は心臓が大きく跳ねるのを感じた。

諒太は和室中央にある一枚板の立派なテーブルの向こう側に座り、遅れて入った如月家の三人を順に眺める。

その視線の冷たさに、彩実は戸惑った。

諒太の両隣には彼の両親が並び、諒太と違ってにこやかな表情で立ち上がると軽く頭を下げた。

ふたりに続いて諒太も、渋々といった感じで立ち上がった。

一八〇センチは優にありそうな長身と引き締まった体に、モダンな三つぞろえのスーツがよく似合っている。

短めの黒髪が彫りの深い顔立ちをいっそう目立たせ、絶えず浮かぶ冷淡な表情からは威圧的な空気が感じられる。

諒太がこの見合いを望んでいないだろうことは、彩実もあらかじめ予想していた。けれど、まさかここまで露骨に冷たい態度をとられるとは、思ってもみなかった。

おまけに、諒太は自分に向けられる彩実の視線に気づいた途端、わずらわしそうにすっと顔を背けた。

以前会ったことを、諒太は覚えていないのだろうか……。

たった一度、それも彩実は決して万全の状態ではなく、たいした会話もできなかったのだ、記憶にないのも当然かもしれない……。

彩実はここに来るまで、もしかしたら自分との些細な関わりなど忘れているかもしれないと思わなくもなかった。けれど今それを目《ま》の当たりにして、彩実は思っていた以上に自分が諒太との再会を期待していたのだと感じ、落ち込んだ。

そのとき、諒太の隣の男性がにこやかに口を開いた。

「初めまして。白石でございます。本日はわざわざ私どものホテルまでご足労いただきましてありがとうございます」

白石ホテルの社長で諒太の父・白石伸之《のぶゆき》だ。

慈善事業にも積極的で、家庭の事情で思うように進路を選べない子どもたちへの経済的な援助や、病気療養する家族をケアする施設を全国につくったりと、マスコミに取り上げられる機会も多く、彩実もその名前と顔には覚えがあった。

「まだまだ残暑が厳しいですからね、まずはゆっくりと冷たい物でも……」

諒太のもう一方の隣に立っていた女性に促され、直也は「あ、ありがとうございます。お待たせしまして、本当に、すみません」と、ぺこぺこと何度も頭を下げる。

「いえ、こちらが勝手にお約束の時間より早く来ていただけですので、お気になさらないでください。なんせ、エレベーターで下に降りれば職場ですので。あっという間なんですよ」

ふふっとにこやかに笑う女性は諒太の母、順子《じゅんこ》だ。

濃紺のパンツスーツと白いリボンブラウスがよく似合う、小柄で優しげな雰囲気の女性だ。

ショートカットでほぼスッピンのようだが、人をホッとさせるような笑顔が魅力的で、彩実はぼんやりと見とれてしまった。

「あ、あの、こちらが娘の彩実です。そして、彩実の向こうが妻の麻実子です。本日はよろしくお願いいたします」

直也が思い出したようにうわずった声で彩実と麻実子を紹介した。

「如月彩実です。よろしくお願いいたします」

彩実は目の前の三人に向かって深々と頭を下げた。

滅多に着ない振り袖のせいで、お辞儀をするのもひと苦労だ。帯がおなかにぐっと入り、息苦しい。

「とりあえず、座りましょうか」

伸之の声とともに六人が腰を下ろすと、同時に部屋の入口の扉が開いた。

「失礼いたします」

落ち着いた女性の声が聞こえ、すぐに飲み物が運ばれてきた。

「今日はお店自慢のお料理を用意していただいたんですよ。私も滅多にここに来ないから楽しみで、朝からワクワクしているの。早速持ってきてもらっていいかしら？」

順子の弾む声に、直也は「もちろん、お願いします」と即座に答えた。

落ち着きのないその声に、彩実は直也がよっぽど緊張しているのだと苦笑した。

そのとき、視界の隅に諒太の顔をとらえた。

相変わらず表情は硬く、ぐっと唇を引き結んだままだ。

さらに冷たい印象を受け、彩実は視線を逸らした。

やはり彼は、以前会ったことを覚えていない。何年も前のことだ、忘れられても当然だ……。

無言のまま厳しい表情を浮かべている諒太の威圧感に、彩実はいたたまれなくなる。

晴香との見合いの席では終始機嫌がよかったらしいが、今の彼の様子からは、それはまったく想像できない。

彩実をとことん拒否する無言のシグナルを感じながら、彩実はこのお見合いはきっと断られると確信した。

晴香のときと同様、今晩にでも白石家から断りの連絡が入り、賢一が激怒する姿が目に浮かぶ。

鬼のような形相を思い、彩実は軽く身を震わせた。

「あら、どうしたの？　気分でも悪いのかしら？」

うつむき考え込んでいた彩実に、順子が気遣うような声をかけた。

「あ、いえ、なんでもありません。ちょっと緊張していて」

顔を覗き込まれ、彩実はとっさに笑みを顔に貼りつけて答えた。

すると、順子は隣で黙り込んだままの諒太を責めるように睨み、口を開いた。

「それもそうよね。彩実さんはまだ二十五歳でしょう？　こんな七歳も年上の愛想のかけらもないおじさんとのお見合いなんて気が進まないわよね」

「お、おじさんだなんて全然思ってません」

「そう？　気を使わせてごめんなさいね。でもね、わが息子ながらかわいげがなくて、昔から一緒にいても楽しくなかったのよ」

順子はそう言って大きくため息をついた。

その様子を横目で見た諒太は憮然とした表情を浮かべるが、順子にはそれを気にする様子はない。

「一応うちのホテルの跡取りでしょう？　みんなが甘やかすから仕方がないかなとあきらめてたのよ。でもね」

順子はため息を吐き出すとともにいったん口を閉じ、テーブル越しに彩実たちに体を寄せ、言葉を続けた。

「この間、お兄様の咲也さんにお会いしたんだけど、まだ二十九歳だというのにとてもしっかりしてらっしゃるし明るくて、私の話にも笑顔で付き合ってくださったのよ。同じ後継者という立場でも、諒太とは大違い。うちの息子が無愛想でかわいくないのは立場のせいじゃないというのがよくわかったわ」

まくし立てるように話す順子の勢いに、彩実はぽかんとする。

「順子、みなさんが驚いているからそのへんにしておきなさい」

まだまだ言い足りないような様子の順子に、それまで黙って聞いていた伸之が声をかけた。

「たしかに咲也君は順子に優しかったな。ずっと順子の話に付き合ってくれていたし」

「そうなのよ。咲也さんはワインソムリエの資格をお持ちなのね。私がワインに目がないって話したらいろいろ教えてくれたわ。そこも仕事一辺倒でなにを楽しんで生きているのかわからない諒太とは大違い。本当、素敵な息子さんをお持ちの如月さんがうらやましいわ。見た目もとても素敵だし、彩実さんだって自慢のお兄さんでしょう？　なのに……」

伸之の言葉などなかったように言葉を続ける順子に、隣の諒太はいっそう不機嫌な表情を浮かべた。

「あ、あの。兄はたしかに優しくていつも明るくて。自慢の兄なんです。でも見た目は白石さんのほうが……、諒太さんのほうが断然上で素敵です。本当にかっこいいです……あ」

彩実はひと言も話さずどんどん不機嫌になっていく諒太を見かね、思わずペラペラと話したが、余計なことだったようだ。

諒太は初めて彩実にまともな視線を向けたかと思うと、ぐっと目を細め睨みつけた。

彩実はひっと息をのむ。

「ご、ごめんなさい……」

「お兄さんとは仲がいいんだな、お姉さんのことはないがしろにしているのに……」

「え、あの、すみません。声が小さくて聞き取れなかったんですけど」

諒太がひとりごとのように口にした言葉を聞き逃し、彩実はおずおずと尋ねた。

「いや、なんでもない。どうでもいいことだ」

「は、はい。すみません」

彩実は諒太の冷たい声を聞いて思わず謝ると、正座のまま後ずさった。

晴香のことを言っていたような気がして不安を覚えたが、突き放されるような視線と声を向けられ、それ以上なにも言えなくなる。

それと同時に、彩実は諒太がこの見合いに心底乗り気ではないのだと、実感した。

どうして自分はそこまで嫌がられるのだろう。

彩実自身、諒太と結婚できるとは思っていないが、ここまであからさまに拒まれると、やはり傷つく。

彩実は、わざわざ振り袖まで着ている自分が滑稽に思えた。

この見合いのために急いで仕立ててもらった、白地にかわいらしい手毬《てまり》と桜の模様の振り袖に罪はないが、二度と着るものかと、膝の上に置いた手を強く握りしめた。

「彩実ちゃん……」

心配そうな麻実子の声に、彩実は無理やり笑顔をつくり、見上げた。

「あ……あの、私はべつに。私がかっこいいなんて、つい言ったせいで気を悪くさせてしまって、すみません」

彩実が両手を胸の前で振り、慌てて答えた途端、再び諒太の厳しい視線が向けられ、彩実はピクリと体を震わせた。

彩実はここに来てから続く居心地の悪さに、どっと疲れを感じた。

諒太との再会に胸をときめかせ、今もそのかっこよさにどぎまぎしているが、どちらにしても、諒太からは嫌われているのだ。

「あ、あの申し訳ありませんが、このお見合いはなかったことに――」

「は？　今頃なに言ってるんだ？」

どうせ断られるのならこのまま帰りたいと、居心地の悪さをこらえて彩実がそう言ったとき、彼女の言葉が気に入らないのか、諒太はすぐさま低い声で遮った。

諒太以外誰も気づかないほど彩実の声は小さく、相変わらず不機嫌な諒太の声だけが部屋に響く。

「え、あの……その」

まるで彩実が帰るのを阻止するような言葉を投げつけられ、彩実は体を小さくした。

つい口にした言葉だが、この場から逃げ出したいのはたしかで、それを遮る諒太が理解できない。

「失礼いたします。お食事をお持ちいたしました」

部屋の入口から仲居の声が聞こえた。

そしてゆっくりと開いたふすまの向こう側に、数人の仲居が料理をのせた大きなワゴンとともに立っていた。

彩実は帰りたいと再び言い出すタイミングを失い、肩を落とした。

おいしいと評判の有名店の料理とはいえ、不機嫌な諒太を目の前にしながら食べてもおいしいはずがない。かといって、料理が次々と並ぶ中、帰りたいとも言い出せず。彩実はこうなったらさっさと食べて家に帰り、これからのことをゆっくりと考えようと決めた。

けれど、そんな彩実の願いが叶うことはなく、食事の後順子に強引にホテル内のバーに連れていかれ、無理やり諒太とふたりきりにされてしまった。

ホテルの二十五階にあるバーには、彩実と諒太以外の客の姿はなかった。まだ十五時を過ぎたばかりだ。順子が営業時間前に無理を言って開かせたようだ。

「お着物の白地もピンクの桜の模様がとても綺麗で目を奪われましたので、このピンクのカクテルを作らせていただきました」

バーテンダーは、彩実の前に細長いグラスを差し出した。それは淡いピンクのカクテルだった。

「わあ、とても綺麗ですね。ありがとうございます」

彩実はそう言うと、隣に座る諒太の相変わらずの不機嫌な様子に居心地の悪さを感じながら、手もとのカクテルをゆっくりと口に含んだ。

酔ってしまえば少しは気が楽になるかもしれないが、あいにくお酒に強い彩実が酔うことは滅多にない。

ふたりで飲み始めて十分ほど経つが、諒太はまるで彩実の存在などないかのように、時折バーテンダーと会話するだけだ。

「あの、同じものをください」

会話もなく間が持たず、彩実はカクテルを飲み干し、お代わりをバーテンダーに頼んだ。

バーテンダーは人のよさそうな笑顔で口を開いた。

「承知いたしました。お着物、とてもお似合いですね」

「ありがとうございます。この着物、今日のために母が新しく仕立ててくれたもので、昨日届いたばかりなんです……私も気に入ってます」

黙っていることに耐えきれず、彩実は聞かれてもいないことまでつい口にした。

彩実が着ている振り袖は、見合いが決まってすぐ、麻実子が如月家御用達《ごようたし》の呉服屋に彩実を連れていき作らせた極上の品だ。

振り袖なら成人式で着たものがあるからと最初は遠慮したのだが、目の前に次々広げられる華やかな反物を合わせるうちに楽しくなり、つい欲しくなった。

反物を決めたはいいが、見合いまで日が迫っていたこともあり、相応の金額を支払い、急いで仕立ててもらった。

身にまとえば彩実の美しい顔立ちと正絹《しょうけん》の輝きが相まって、いっそう彼女を艶《あで》やかに見せている。

「嘘だろう？」

「……え？」

それまで黙っていた諒太に声をかけられ。彩実は慌てて視線を向けた。

「その着物が昨日届いたっていうのは、嘘だろう？」

諒太は水割りが入っているグラスを置くと、彩実に向きなおった。

初めてまともに自分に向き合う諒太に、彩実はドキリとする。

けれど、一瞬高鳴った鼓動は諒太の冷えきった瞳によってあっという間に静まった。

諒太は彩実をいぶかしげに見ると「見合いが決まってから今日までの短時間で仕立てられるとは思えない」とつぶやいた。

「あの。嘘って言われても……」

とげとげしい諒太の口調に、彩実はわけがわからず首をかしげた。

彩実が着ている振り袖にこだわっているようだが、彩実に思いあたることはない。

「俺の母親が着物を仕立ててもらうときには、かなりの日数がかかってるぞ」

「あ、本来はそうかもしれません。実は、この振り袖は母がお店の方に無理を承知でお願いして、大急ぎで仕立ててもらったんです。お店の方は皆私を子どもの頃からよく知ってらっしゃるので、お見合いだと聞いて忙しい中特別に引き受けてくださったんです」

「特別に……？」

確認するような諒太の真剣な表情に、彩実はこくりとうなずいた。

「そうです。ありがたいことに、お休みを返上して仕立ててくださったんです」

彩実の様子を慎重なまなざしで見つめる諒太から目を逸らし、彩実は袖の端を掴んで揺らした。

「えっと……これ、似合ってない、ですか？　母も私も気に入ってるんですけど」

薄暗い店内の照明の中、彩実は振り袖や薄紫の帯を確認する。

何度見ても桜や手毬の模様は華やかで彩実を癒してくれるのだが、自分には似合っていないのだろうかと不安を覚えた。

「でも……本当に素敵な柄で、気に入ってるんです」

「気に入ったからって、お姉さんの着物を取り上げていいのか？」

不安げに漏らした彩実の声に、諒太は探るような声で反応した。

「……え、と、取り上げ？　って、なんのことですか」

諒太の言葉が理解できず、彩実は瞬きを繰り返した。

「それ、お姉さんが大切にしている着物じゃないのか？」

感情を抑えた声で、諒太は問いかける。

「姉、の着物、ですか？」

予想もしていなかった答えに、彩実はぽかんとする。

すると、諒太は表情を消したまま、ゆっくりと言葉を続けた。

「それ、お姉さん……晴香さんが大切にしているお母さんの形見の着物なんだろう？」

「……形見？」

「晴香さんにはお母さんの記憶がほとんど残っていないというのに、君は晴香さんに残された着物だけでなく、いくつもの形見を取り上げていると聞いたが。それも晴香さんのお母さんが大切にしていた着物じゃないのか？」

「取り上げて……ませんけど。というより、姉とはこの二年まともに顔を合わせてないし、取り上げるどころかろくに話もしてないんですけど」

諒太の探るような声にたじろぎながらも、彩実は淡々と答えた。

諒太は彩実の言葉にじっと耳を傾け、彼女の目をまっすぐ見ている。

「本当です……」

諒太から向けられる視線に応えるように、彩実はそう言ってうなずいた。

ようやく、諒太がなぜ彩実が着ている振り袖にこだわっているのか、わかってきた。

すべては晴香の差し金に違いない。

そのとき、バーテンダーが彩実の手もとに新しいカクテルを置いた。

一杯目と同じ、薄いピンクのカクテルだ。

彩実は「ありがとうございます」と軽く頭を下げ、早速グラスを手に取った。

そして、一気に飲み干した。

辛さの中にやわらかな酸味が広がり、のどをすっと潤していく。

彩実はグラスを置くと、少し熱くなった体ごと諒太に向きなおった。

「それに、姉は着物が嫌いで成人式のときにも頑として振り袖を拒んで着なかったんです。だから母は、急遽《きゅうきょ》お気に入りのブランドの服を用意して、成人式に送り出したんです。それにそのとき、姉は大切に保管されていた彼女の実のお母さんの着物をすべて無断で処分したんです。おじい様がそれに激怒して、姉ではなく父を叱りつけて……。あ、まあ、とにかく、私は姉の着物を取り上げたことなどありませんし、この振り袖は今日のお見合いのために、用意したものです」

諒太は相変わらず彩実の言葉を疑うように目を細めている。そんな彼の態度にくじけそうになりつつも、彩実はひと息にそう言った。

なぜ諒太が彩実の振り袖のことでそんな誤解をしているのかは、あきらかだった。きっと先日の諒太との見合いのときに、晴香が諒太の同情を引こうとして嘘をついたのだろう。

これまでにも同じようなことはあったが、まさか見合いの相手にまで。

晴香が彩実を毛嫌いする理由はわかっているが、これはやりすぎだろう。

気落ちしうつむくと、着物に金糸で施された美しい刺繍が目に入り、切なくなった。

賢一によって強引に決められた見合いだが、振り袖を新調するときにはやはり心が弾み、諒太と会える日を心待ちにするようにもなった。

けれど、彩実のために用意されたと思っていた見合いは、晴香が拒んだ白石家との縁を、賢一がどうしても欲したせいで回ってきただけのもの。

如月家の将来、というよりも、賢一の後継者である咲也が今後もつつがなく会社を大きくしていけるようにと考えての見合いだ。

おまけに、諒太は彩実と以前会ったことがあることも忘れているようだ。

振り袖で着飾っている自分が哀れに思え、胸に痛みを覚えた。

彩実は目の奥が熱くなるのを押しやるように、バーテンダーに顔を向けた。

「すみません。バーボンダブル、ストレートでお願いします」

「……は？」

彩実の声に、諒太は目を見開いた。

かわいい色のカクテルを飲んでいた彩実が注文するには、度数が強すぎると心配したのだろう。

「あ、心配いりません。お酒に酔うことは滅多にありませんし、幸い今日は両親も一緒です、送っていただくつもりもありませんから」

落ち込む気持ちを諒太に悟られないよう、彩実は軽い口調でそう言った。

ちらりと諒太を見れば、振り袖のことをまだ気にしているのか、いぶかしげな視線を彩実に向け続けている。

晴香のことだ、自分が見合いを断れば次は彩実が駆り出されると予想して、振り袖のこと以外にも、諒太に彩実の印象が悪くなるようなことを言ったに違いない。

彩実は諒太との再会を心待ちにしていた自分に苦笑し、最後にバーボンを飲んで、さっさと帰ろうと決めた。

「……本当に、それはお姉さんから取り上げたものじゃないのか？」

再び問いかける諒太の声のトーンは、幾分落ち着いていた。

これ以上説明をしてもわかってもらえないと考えた彩実は、唇を引き結んでなにも言わず、ただ大きくうなずいた。

「だったらどうして晴香さんはあんなことを言って……」

諒太は納得できないようだが、彩実の硬い表情を見て黙り込んだ。

「いや……いい」

諒太は気持ちを落ち着かせるように軽く息を吐き出し、手もとのグラスに残っていた水割りを飲み干した。

その動きを横目で見ながら、彩実もそっとため息をつく。

賢一は激怒するだろうが、ここまで諒太から拒否されていてはどうしようもない。

彩実はスツールに座りなおし、気持ちを切り替えるように手もとに置かれていたチョコレートを手に取った。

フランスで有名な店のチョコレートらしく、丸いひと口サイズで表面がつやつやだ。

普段から甘い物には目がない彩実は、ひと粒手に取り口に入れた。

「ん……おいしい」

なんの装飾もない単純なひと粒チョコだが、その味はとても上品で、丁寧に作られているのがよくわかる。

彩実はそのおいしさに目を細め、もうひと粒口に入れた。

すると、彩実の手もとに、バーボンのグラスがすっと置かれた。

「こちらのチョコレート、フランスの老舗菓子店の新作だそうです。たまたま知り合いがその店と縁がありまして、優先的に取り寄せることができたのですが。お気に召されたようでなによりです」

バーテンダーが彩実ににこやかに話しかけた。

「あ、だったらそのお店を教えてもらってもいいでしょうか。親戚がフランスに住んでいるので私も年に何度かフランスに行くんです。そのときにでも寄ってみたいです」

前のめりに話す彩実に、バーテンダーはうれしそうに「もちろんです」と答えた。

例年、クリスマスの頃には一週間ほど両親と親戚たちとともにフランスで過ごすのだが、今年はモデルハウスのリニューアルオープンの時期と重なり無理かもしれない。

続くお正月は、ゴールデンウィークと並んで一年で一番来場者が多く休めない。

となると、次にフランスに行けるのは早くても春頃だ。

広いブドウ農園を経営している麻実子の両親をはじめ親戚はみな朗らかで優しく、

彩実が訪ねるといつも盛大に歓迎してくれる。

収穫の時期に合わせて訪ねたときには、彩実も農園に出て収穫を手伝う。

地平線まで続いているような、丘の斜面いっぱいに広がるブドウ農園。

そこは、窮屈な如月家から逃げ出して気分転換をするには最適の場所。たまたま気に入ったチョコレートがフランス産だと知った途端、彩実は大好きな人や居心地のいい場所を思い出して、今すぐ飛行機に飛び乗り行きたくなってしまった。

よっぽど自分は疲れて、気が滅入っているのだなと、彩実は肩をすくめた。

ここ数日はお見合いのことが気になるだけでなく、モデルハウスへの納品の件で小関家具との打ち合わせも続いて、心身ともに忙しかった。

「──そりゃ、疲れるわよ」

ぽつりと思わず口にし、彩実はハッと両手で口を押さえ、隣を見た。

水割りを飲んでいる諒太は、突然彩実から視線を向けられ面倒くさそうに視線を合わせる。

「なんだ？　俺と一緒にいてそんなに疲れたか？」

「い、いえ、そんなことはありません」

やっぱり聞かれていたのだと、彩実は顔を赤らめた。

「まあ、どれだけ疲れる相手だとしても、白石家とのつながりは欲しいよな」

諒太は顔をしかめ、彩実をバカにするように笑った。

「うちのメイン事業はホテル業だけど、レストラン事業も好調だ。リゾート業にも力を入れてる如月ハウスにとってうちは魅力的だろう？　それに俺の母は、運輸業で国内シェアがトップの市川《いちかわ》家本家の生まれだ。如月家としては、ぜひとも仲よくしたいよな。君だって、結局家のために結婚させられるのなら、少しでも条件がいい相手がいいんだろう？」

諒太は、彩実の真意を探るように視線を合わせた。

彩実は諒太の話を黙って聞きながら、今日会ってから今が一番長く目を合わせているなとぼんやり考えていた。

けれど諒太が彩実と視線を合わせるのは、どれほど彩実を拒んでいるのかを教えたいがため。

彩実はその現実に苦笑いを浮かべるよりほかない。

「如月ハウスの会長が、孫である君のお兄さんをつつがなく社長の職に就かせるために尽力しているというのは有名だからな。俺はうってつけの存在なんだろう」

「それは……」

彩実が怒りだすのを待っているのか、諒太は挑発するように意地悪な言葉と表情を彩実にぶつけてくる。

もしかしたら彼は、彩実のほうからこの縁談を断るように仕向けているのかもしれない。

けれど、諒太が口にした言葉はどれもごもっともで、賢一が咲也の将来のために白石家との縁を欲しがっているのも間違いない。彩実には反論できないのだ。

それに、白石家と市川家との関係を聞かされた今、賢一が簡単にこの縁談をあきらめるとは思えない。

咲也のためだとはいえ、身勝手な野望を抱いている賢一にあきれ、彩実はなにもかもが面倒になる。

それこそもう、本当に、疲れた。それに……。

彩実は小さく息を吐き、諒太から視線をはずした。

諒太がどれほど顔をゆがめ冷たさを表情に出しても、その整いすぎている顔はやはり魅力的で、どきどきするのだ。

恋愛未経験のハンディがこんなところで顔を出し、彩実は慣れない感情を押しやるように、目の前のグラスを手に取った。

とりあえずバーボンを飲んで帰ろうと、グラスを傾けたとき。

「振り袖を着ている子どもにバーボンはもったいない」

諒太の手が伸び、彩実からグラスを取り上げた。

「あ……それは私の」

諒太は彩実を無視してバーボンをひと息に飲み干した。

「バーボンが似合う女になってから出直せ」

空になったグラスをバーテンダーに返し、諒太は喉の奥でくっと笑った。

彩実は突然のことに呆然としたまま動きを止めた。

振り袖でバーボンはだめなのか？　そしてバーボンが似合う女ってどんな女なのだろうかと、次第にむかついてくる。

「あ、あの、お言葉ですが」

彩実は諒太に食い下がるが、諒太は目を合わせようともしない。

諒太はバーテンダーに「今日はいつもより早く来てもらって悪かったな」と声をかけ、スツールを下りた。彩実はスツールに腰かけたまま、隣に立った諒太を見上げる。

この店に連れてこられたときにも感じたが、やはり背が高い。

ひと目で上質だとわかるスーツに身を包み、これぞ御曹司というオーラが彼を包んでいる。

しばらく無言のまま見つめ合った後、諒太が彩実の目の前にすっと手を差し出した。

「え？」

彩実は意味がわからず、諒太の顔と目の前の手を交互に見る。

「帰るぞ。ほら、手を貸すからさっさと立て」

「え……手？」

戸惑う彩実に、諒太は焦れたようにため息をつくと、そのまま両手を彩実の脇に差し入れ、抱き上げた。

「きゃあ」

一瞬でスツールから体が浮いた彩実は、思わず諒太の肩にしがみついた。

「うるさい。これくらいで騒ぐうちは、バーボンなんて飲むな」

見た目は細身だがしっかりと鍛えているのか、諒太はぐらつくことなく彩実を丁寧に下ろした。冷たい口ぶりとは違う、まるで彩実を守るような力強さを感じて、彩実は安心感を覚えた。

彩実は諒太の肩に置いていた手を慌てて離すと、熱くなった顔を隠すようにうつむき、そっと後ずさった。

男性と触れ合う機会などない彩実に、この一瞬の出来事はかなりの衝撃で、脇に差し入れられた諒太の頼もしい手の余韻がまだ残っている。

「この縁談だけど」

トクトク跳ねる心臓の音がうるさく、どぎまぎしている彩実に、諒太のおざなりな声が届く。

その声音に、諒太は今夜を待たずこの場で見合いを断るのだと、彩実は察した。

そして気を引き締め、姿勢を正した。

予想通りだと思う反面、思っていた以上にショックを受けている自分に気づき、胸も痛む。

緊張しながら断りの言葉を待つ彩実に、諒太が淡々とした口調で話し始めた。

「気乗りしない君には申し訳ないが、俺はこの縁談を受けよう――」

再び諒太が口を開いたと同時に、店のドアが勢いよく開いた。そして、両親たちのにぎやかな声が聞こえ、彩実は諒太が口にした言葉をはっきりと聞き取ることができなかった。突然会話を中断させられた彩実と諒太は、顔を見合わせた。

「十二月の大安の日に、お式と披露宴の予約をしておいたわよ」

バーの静かな雰囲気にそぐわない諒太の母、順子の声が響き渡った。

見れば、大きな笑みを浮かべた順子と仲之が近づいてくる。

そのうしろには、戸惑いを隠せない表情の直也と、そんな直也を気にしながら苦笑している麻実子の姿があった。

「え……式って、それに披露宴ってどういうこと？」

彩実はわけがわからず諒太を見上げた。

諒太は納得できないとでもいうように首を横に振りながら「なんで勝手に日程を決めるんだよ」と吐き捨てる。

「それって、もしかして」

勝手に自分たちの結婚が決められたのだろうかと、血の気が引いた。

彩実にははっきりとは聞き取れなかったが、今まさに、諒太からこの縁談を断られようとしていたところだというのに。

なんというタイミングだろう。

「あ、あの、私はその。このお話は……」

「ねえ彩実さん、ウエディングドレスはどういうのがお好み？　とても綺麗だからどんなドレスでも似合いそうだけど。よければ一緒に選ばせてほしいわ」

彩実の戸惑いなどまったく気にかけず、順子ははしゃいだ声を上げながらあれこれ考え始める。

両親を見ると、直也は心配そうに彩実を見つめ、麻実子は生来の朗らかな笑みを浮かべていた。

そして、こわごわと諒太に視線を向けると、少女のようにキャッキャとはしゃぐ順子を覚めた目で見ながら黙り込んでいる。

苦虫をかみつぶしたようなその表情を見た彩実は、諒太がよっぽど、この縁談を嫌がっているのだと改めて実感し、落ち込んだ。

結局――。

その日、白石家と如月家の縁談がまとまり、十二月に挙式・披露宴が行われることになった。

今から三カ月もないというのに、彩実は果たしてこれは現実のことなのだろうかと、めまいを覚えた。

# 第二章　婚約者からは逃げられない

モデルハウスのオープンまで三カ月を切り、彩実は忙しい日々を過ごしていた。

すでに内装と外構工事も終わり、モデルハウス内に設置する家具や電化製品などの準備を行っている。彩実は、モデルハウスという入れ物が完成し、実際に住む人の暮らしを具体的にイメージしながら内部を整えていくこの時期の仕事が一番好きだ。

とくに今回は人気の家具店とのコラボだということで、部内の士気も上がっている。

朝から小関家具の担当者である小関忍《しのぶ》と打ち合わせを続けているが、彼もまた今回の企画に熱心で、何度もモデルハウスに足を運んでいる。

今年二十七歳の忍は彩実の大学の先輩で、小関家具の二代目社長である小関治《おさむ》の長男だ。

いずれ三代目となる忍は、治がまだ五十二歳と若く、しばらくは引退しないと宣言していることもあり、経営の勉強など二の次で、現場でいち職人として奮闘中だ。

デザイン関連のコンクールにも積極的に参加し、実力の底上げにも前向きな忍を彩実は尊敬している。

「このベッドをモデルハウスの寝室に使ってみないか？」

会議室の大きな机の上に資料を広げ、彩実と忍はその端に隣り合って座り打ち合わせを続けている。

「これって、新作？」

「そう。ターゲットが三十代で、使っているマットレスは世界の一流アスリートたちからも支持を得ている寝具メーカーに特別に作ってもらった自信作。年明けの発売を予定してる」

忍が提案したベッドは木製の脚付きタイプで、棚有りのヘッドボードがついている。木目調のライトブラウンが全体的に軽やかな印象を与え、モデルハウスの寝室のベージュの壁紙にも合っている。

「注文するときに足の高さを一センチ単位で変更できるから、部屋の雰囲気とか、収納を考えたときに柔軟に対応できるんだ」

誇らしげな忍に、彩実は苦笑する。

「それはいいね」

「だろ？　ついでに言うと、マットレスの寝心地が抜群なんだ。どうしてもこの寝具メーカーのマットレスを使いたくて根気よく通いつめて三年。ようやくうちの商品に使わせてもらえることになったんだ」

忍は商品カタログを見ながら、心底うれしそうに笑みを浮かべた。

「え、だけどそれだけ力が入った商品を、まず初めにモデルハウスで使わせてもらっていいの？　大々的にCMを流すとか、マスコミに発表するとか、しないの？」

彩実はふと不安になった。

三年もかけて商品化にこぎつけたベッドを、発売前にモデルハウスの展示品として使っていいのだろうか。

「いいんだよ。うちが宣伝に力を入れてないのは彩実もよく知ってるだろう？　あのじいちゃんと父さんだぞ？　良質な商品は黙っていても売れるっていまだに言い張ってる」

忍は椅子の背に体を預け、ゆったりと笑った。部屋に差し込む日光に照らされた顔は、ほとんどの女性が見とれるような精悍《せいかん》な顔立ち。意志が強そうな黒い瞳と形のいい唇。

一八〇センチの身長と、定期的にジムに通って鍛えているという綺麗に筋肉がついた体も相まって、学生時代の忍は女性からかなりモテた。

有名家具店のイケメン御曹司。

それが忍の代名詞のようなもの。

どれだけモテても忍に浮ついたところはなく、家業のことだけを考えている。

そんな見た目とのギャップが忍の魅力でもある。

「俺はどちらかといえば、これからは効率的に宣伝をしながら会社を大きくしていきたいんだけどな。もちろん、胸を張っておすすめできる商品ありきだけど、両方のバランスを取りながら、新しい小関家具を作っていくつもりだ。あ、これは父さんたちには内緒だぞ。のんびりとこっそりと進めるつもりだからな」

「大丈夫。忍君ならいつの間にかやってのけそう。楽しみ」

「がんばるよ。だけど、まずは今回のモデルハウスとのコラボを成功させなきゃな。俺にとっては分身のように大切な商品が、彩実が手がけたモデルハウスの役に立てるんだ。がんばるしかないだろう？」

照れもせず素直にがんばると口にする忍に、彩実も大きくうなずいた。

展示場の改修工事に伴うモデルハウスの新築が決まってすぐ、彩実はその担当グループのリーダーに任命された。そのとき彩実の頭にまず浮かんだのは、小関家具の商品だった。

世間で大人気の商品をモデルハウスで使えば話題になり、展示場の集客につながるという考えももちろんあった。

けれど、それ以上に彩実自身が小関家具の商品の大ファンなのだ。

彩実はぜひとも多くの人に小関家具の商品のよさを知ってもらいたいと思い、コラボに持ち込んだ。

そのとき、会議室のドアをノックする音が響いた。

「どうぞー」

彩実の声に続いて開いたドアから入ってきたのは、今回一緒にモデルハウスをつくり上げてきたチームのメンバーたちだ。

女性が三人と男性ひとり。

たしかに同じチームだが、こんなに大勢でわざわざやって来るほどの作業はなかったはずだと、彩実は首をひねる。

すると、唯一の男性であり、彩実の後輩の庄野《しょうの》が彩実たちに近づいた。

「お疲れさまです。打ち合わせ中すみません。あの、販促グッズのサンプルが届いたので、彩実さんに確認していただこうと思いまして」

庄野は事務的な口調でそう言って、手際よくグッズを並べていく。

新築されたモデルハウス二棟で来場者に配られるグッズだが、家族連れが多いこともあり子ども向けの画用紙とペンのセットや如月ハウスのCMキャラクターとして大活躍中の『ごきげんお月様のムーンちゃん』のぬいぐるみや絵本。

そして、エコバッグやハンドタオルなど、今回リニューアルされたグッズが次々と並び、彩実と忍は興味深げにそれらを眺めた。

「俺、如月ハウスの社員じゃないけど、見てもいいのかな」

忍が庄野に問いかけた。

「大丈夫です。どの会社でも製作しているありふれた商品ばかりで、目新しいものはありませんから」

庄野は表情を変えることなく、真面目な声で忍に答えた。

「あのー、小関さんはモデルハウスのオープンのときには、もちろんいらっしゃるんですよね？」

「あ、それと。来週打ち上げがあるので小関さんもぜひ参加してください」

女性たちが庄野を脇に押しやり次々と忍に声をかける。

普段以上にメイクはばっちりで、声も高くかわいらしい。

会議室に忍がいると聞きつけた女性三人が、用もないのについてきたらしい。

相変わらずの人気だなと彩実がからかうように忍を見ると、女性たちの思いなどまったく気づいていないようで、タブレットで来週の予定を確認している。

「あー、来週は出張だから無理だな。申し訳ない。代わりに今回のプロジェクトに参加したうちの職人たちに声をかけておくよ。あ、モデルハウスのオープンのときにはなんとしてでも顔を出すから」

あっさりと断られ、女の子たちはがっかりし、肩を落とす。

よっぽど忍と一緒に飲みたかったらしい。

けれど、忍がその思いに気づく気配はまったくなく、机に並ぶ販促グッズを順に手に取って見ている。

「このマグカップの取っ手のアールの部分、絶妙な幅で、俺好きだな」

グッズのひとつであるマグカップを、忍はしげしげと見る。

それは、如月ハウスのイメージカラーである深紅のラインが入ったマグカップだ。

陶器製で重みを感じるが、丸みを帯びたフォルムが愛らしい新作グッズだ。

「あ、それは僕がデザインしたんです」

庄野が勢いよく声をあげた。

「親戚に陶芸作家がいて、教えてもらいながらデザインしたんですけど。大量生産ではなく一つひとつ職人さんに焼いてもらった自信作です。今回、小関家具さんとのコラボが実現すると聞いて、家具と同じようにこのカップも丁寧に作ろうと決めて」

説明する庄野の表情は誇らしげだ。

「僕、小関家具の職人さんや、マグカップを作ってくれた陶芸家さんたちのように、心のこもったデザインをしていきたいんです。今回のモデルハウスでは玄関ドアと階段のデザインに携わったんですけど、その気持ちを最大限投入しました」

力強い言葉で思いを口にしている庄野を、彩実も三人の女の子たちもぽかんと見ている。

いつも冷静で感情の上下がない彼のこんな熱い姿は珍しく、圧倒された。

「あ……あ、私だって、モデルハウスのインテリアは全力投球しましたよ。もちろん先輩に教わりながらだけど。せっかく新築物件に携われるんですからね。そりゃあ気合も入りますよ。私もオープンが楽しみです」

デザイン企画部の女の子が熱のこもった言葉を口にし、傍らにいるふたりも同意するように大きくうなずいている。

たとえ忍に頬を染め、仕事に直接関係のない理由で無理やりこの場に押しかけているとしても、彼女たちもまた、庄野に負けないくらいモデルハウス建設には力を尽くしていた。

誰もが完成とオープンを心待ちにしているのだ。

彩実は胸が熱くなるのを感じた。

とにかくあと三カ月弱、オープンの日まで、がんばろう。

彩実がしんみりとしながらそう誓ったとき。

「それで、あの。小関さんは……恋人は、いるんですか？」

今まさに仕事への熱い思いを語っていた彼女が、あっという間に表情を緩め、忍に問いかける。

「あ、私も聞きたいです」

「私も」

ほかのふたりも、身を乗り出してはいはいと手を上げた。

「あのね、今は仕事中だからそんな話は――」

「んー、恋人か。難しいな。でも、大切に思ってる女性は、いるよ」

女の子たちの言葉を遮る彩実にかまわず、忍はさらりとそう言って、にっこりと笑った。

「え……」

忍の口から初めて聞かされる恋愛がらみの発言に、彩実は目を見開いた。

「あ、あの、忍君、それって」

「えーっ。嘘でしょう？　そんなの嫌なんですけどー」

忍は泣きだしそうな表情で詰め寄る三人の女の子たちに慌てながら、今すぐにでも逃げ出そうとでもいうように椅子から腰を浮かせている。

その姿がなんとも滑稽で、彩実は思わず噴き出し、おなかを抱えて笑った。


その日、彩実は終業時刻を迎えたと同時に会社を出ると、大通りでタクシーを止めて乗り込んだ。

久しぶりに顔を合わせた忍から食事に誘われたが、今日はどうしても行かなければならない場所があり、断った。

その場に偶然居合わせた庄野が彩実の代わりに忍と飲みにいくことになり、小関家具のファンである庄野は、喜びに沸き立った表情を浮かべていた。

小関家具への尊敬と憧れの念を込めて丁寧に作り上げたマグカップを忍に褒められたときの庄野のなんとも言えないうれしそうな顔。

忍目あてに集まった女の子たちだって、モデルハウスの話をするときの目は輝いていた。

そう、誰もが今回の仕事を楽しみ、プライドを持って任務にあたっているのだ。

だからこそ、彩実は思うのだ。

「なにがあっても、小関家具をモデルハウスに使う計画をつぶすわけにはいかない」

タクシーの後部座席から流れる景色を眺めていた彩実は、膝の上に置いていた両手をぐっと握りしめた。

「でも、大丈夫かな」

忍と庄野が飲みにいくのを知った社内の女の子たちが、忍目あてに押しかける姿を思い浮かべながら、くすりと笑った。そしてすぐ、笑っている場合ではないと、一気に気持ちは落ちていく。

彩実が今向かっているのは白石ホテルだ。

お見合いで五日前に来たときは、綺麗な振り袖を着せてもらい、おいしい食事ができるだけでなく、諒太と会えるとあって、多少ワクワクする気持ちもあったが、今の彩実にはそんな浮ついた気持ちはひとかけらもない。

あの日、彩実の両親と諒太の両親がふたりの結婚を勝手に決めてからというもの、彩実はずっと、どうにかして破談にできないかと考えていた。

再会した諒太には、初めて会ったときの優しさなどまるでなく、彩実は結婚生活を続ける中で諒太と気持ちを寄り添わせ、幸せになるのは難しいと感じていた。それだけでなく、世界的なホテルグループの次期社長夫人としての役割を果たす自信など彩実にはない。

もともと彩実は、晴香との関係がうまくいっていないこともあり、今の環境に執着していなかった。仕事にもひと区切りがつきそうな今、会社を退職してフランスに移住してもいいと、ひそかに思っていたぐらいだ。

けれど、そんな彩実の考えは、賢一にはお見通しだった。

見合いの翌朝、賢一は出勤前の彩実を部屋に呼びつけると、開口一番、圧の強い口調できっぱりと言いきった。

『もしも白石家との縁談を断れば、お前の希望で一度は承知したが、小関家具をモデルハウスに使うことは今回だけでなく、今後いっさい禁止する』

彩実がどれほどの熱意を持ってその件を賢一に願い出たのかを知っていての言葉に、彩実は唇をかみしめた。

如月家の中でも、そして如月ハウスの中でも、賢一の言葉はなによりも優先される。

そんな賢一がもしも小関家具とのコラボを反対したら、その瞬間にこれまでのチーム全員の努力がすべて無駄になってしまう。

そのことを考えれば、自分の感情だけで諒太との縁談を破談にはできなかった。

もしも彩実が本気で見合いを断っても賢一がそれを許さなければ、すぐにでもフランスに逃げ出そうと思っていたが、そんなことできるわけがない。

それこそ同僚たちを裏切ることになるのだから。

結局、彩実に諒太との結婚を受け入れる以外の選択肢はなかった。

彩実が次第に暮れていく街並みを眺めていると、大通りの向こうに白石ホテルが見えてきた。同時に、見合い当日不機嫌な顔と態度で彩実を拒み続けた諒太を思い出した。

嬉々とした声で順子から結婚式の日取りを伝えられたときの諒太の顔は、今もよく覚えている。

一瞬呆気にとられ、言葉を失っていたが、次第に湧き上がる怒りに顔を真っ赤に染め上げ、それまでの冷静な姿とは違う人間的な表情から目が離せなかった。

諒太は順子につかつかと詰め寄り怒りの声をあげようとしたが、伸之がそれをたしなめ、止めた。

『もう、決まったことだ』

社長としての威厳ある言葉に、諒太もぐっと言葉を詰まらせ、口を閉じた。

そしてそれは、諒太が彩実との結婚を嫌々ながらも受け入れた瞬間でもあった。

そうして彩実と諒太の結婚が本人の気持ちを置き去りにしたまま決定され、早速今日はこれから衣装合わせだ。

「衣装なんて、なんでもいいけど」

彩実は、昨夜電話で『衣装合わせがあるから仕事の後急いで来い』と諒太に言われてからずっと続いている緊張を押しやるように、ため息をついた。


白石ホテルに着いた彩実は、ロビーで待ちかまえていたホテルのブライダル担当の飯島《いいじま》という女性に連れられ、まずは彩実と諒太の披露宴が予定されている会場に案内された。

そこは床から天井まで続く固定のガラス窓が壁のほぼ一面にはめ込まれた大宴会場で、彩実はその広さに圧倒された。

国内屈指の高級ホテルとして知られている白石ホテルには、世界各国の王族や要人が来日の際に宿泊することも多く、そのサービスと万全の警備体制には定評がある。

大物政治家や芸能人が結婚式を挙げたり記者会見の場として使ったり、どちらかといえば華やかさを前面に押し出しているホテルだ。

彩実もそれは理解していたが、いざ自分が白石ホテルで結婚式を挙げることになり、予想を遥かに超えた規模の披露宴になりそうだと理解し目を丸くした。

ホテルで一番広い会場での披露宴は想定内だったが、まさか八百人超えの招待客が予定されているとは考えてもいなかった。

「どこかの芸能人じゃないんだから……」

思わず彩実の口から漏れた声に、傍らに立っていた諒太は肩をすくめた。

「白石ホテル次期社長と如月ハウス社長令嬢の披露宴なんだ、もっと大勢呼んでもいいくらいだ。しかし、如月の会長が、後継者であるお兄さんの結婚式ならともかく、戸籍上の孫とはいえ、自分の直系ではない君に豪華な式や披露宴を用意する必要はないと言い出したんだ」

「あ……そうですか」

彩実の反応をうかがうような冷たい諒太の声に、彩実はとくに驚くこともなく平然と答えた。傷つくこともない。

賢一からの冷遇には慣れている彩実はただ、彼の言い出しそうなことだと、うんざりしただけだ。

傷つくというのなら、賢一の言葉以上に、今日もまた彩実と会って早々に不機嫌な表情を浮かべた諒太の態度こそ、彩実を傷つけている。

結婚を強制されているのは諒太だけでなく、彩実も同じだ。

だというのに、彼は自分ひとりがこの結婚の被害者だとばかりに、冷たい態度を崩さない。

「飯島、まだ仕事が残っているからさっさと進めてくれ」

彩実の都合などかまわず、諒太は口早に指示を出した。

「あ、はい。かしこまりました」

ふたりの結婚式と披露宴の担当である飯島は、険のある態度を続ける諒太に戸惑いながらも、彩実に資料を見せながら会場内を説明する。

彩実はその中でも、白石ホテルの創業者が大のクラシック好きで、年に一度この部屋で大規模なクラシックコンサートを開くために室内の設備はなにもかもがずば抜けて素晴らしいと聞き、興味を持った。

すると、飯島が思いついたように口を開いた。

「この部屋は演奏会やコンサートを開くにはもってこいの環境らしいですよ。ですから、もしも彩実様のご友人の中で当日お歌を披露される方がいらっしゃれば、気持ちよく歌っていただけるはずです」

「歌の披露……。フランスの親戚たちはいつも歌ったり踊ったりにぎやかだけど。きっと呼べないだろうな……」

ブドウの収穫を終えた後、親族や近所の仲間たちとおいしい料理を囲み、もちろんワインもたっぷり飲んで。歌えや踊れの騒がしくも楽しい時間が夜通し続き、彩実もそれに交じって慣れない歌を口ずさむ。

彩実は、フランスの親戚たちにこそ、祝いの席で歌ってもらいたいと思った。けれど、彩実や母の麻実子に冷たい賢一のことだ、フランスからわざわざ麻実子の両親や親戚を結婚式に招待するとは考えられない。

もしも来てくれれば、あの底抜けの明るさと強さに癒され、どうにか当日を乗り越えられるのに、と思うのだが。

そんな期待はしないでおこうと、軽く首を横に振った。

「あ、忍君。忍君なら歌ってくれるかも」

「忍君……とは、お友達ですか？」

ふと思いついた彩実に、飯島は手にしていたタブレットを操作しながら問いかける。

「そうです。学生時代の先輩で、今も仕事で関わりがあるんです。本当に歌がうまいんです」

諒太との結婚に不安ばかりが募る彩実は、せめて披露宴で忍の歌声を聴くのを楽しみにその準備に向き合いたいと思った。

そんな些細なことにでもすがらなければ、今も傍らに立ち、忍の話をする彩実を冷たい瞳で見ている諒太との結婚から逃げ出してしまいそうなのだ。

「そうだ、飲みにいってる忍君と後で合流できるかな」

忍と庄野が連れ立って飲みにいくと言っていたことを思い出し、彩実は後で連絡してみることにした。

そのとき、諒太のため息が聞こえた。

「俺には披露宴の準備のために割ける時間はほとんどない。今日中に衣装もすべて決めるつもりだから男と飲みにいく時間などないぞ」

諒太の冷ややかな声が広い部屋に響き、彩実はぴくりと体を震わせた。

「面倒なことは早く済ませて仕事に戻りたいんだ。男のことなんて考えずにさっさと終わらせてくれないか」

「面倒なこと……それに男って……」

諒太の投げやりな言葉に、彩実は言葉を詰まらせた。

これまでにもさんざん傷つくような言葉を諒太からぶつけられてきたが、自分との結婚は面倒だとはっきりと言われ、これまでにないほど落ち込んでいく。

「おい……聞いているのか？　早く衣装合わせを済ませたいんだ」

「そうですね……わかりました」

諒太も自分が口にした言葉の鋭さに気づいたのか、その口調はほんの少し和らいでいた。

反応をうかがうようなその声に、彩実は平気な顔をして答えた。

断れない事情があるにせよ、諒太との結婚を決めたのは自分自身だ。

どこにも逃げられないのなら、どんなに傷つけられてもそれに慣れるしかない。

そう覚悟を決めながらも落ち込んでしまう気持ちを持てあましていると、飯島が軽く飛び上がりながら明るい声をあげた。

「あ、忍さん……って、こちらの小関忍さんですか？　あ、あの、小関家具の御曹司の小関忍さん」

期待を含んだ飯島の声に、彩実はうなずいた。その声は弾んでいて、落ち込んでいた彩実の気持ちをぐっと引っ張り上げてくれる。

「忍君のこと、知ってますか？　おっしゃる通り小関家具の御曹司ですよ。最近彼の作る家具は大人気で、とても注目されてますよね」

飯島の明るい声につられ、彩実の顔にも笑みが浮かんだ。

「私、小関家具の大ファンなんです。家じゅうを小関家具でそろえるために、結婚したいと思ってるくらい好きなんです。あ、すみません、ちょっと話が逸れましたね。えっと、これです。ここに小関さんのお名前があります」

飯島は彩実にタブレットを差し出し、ずらりと並んだいくつもの氏名の中から忍の名前を指さした。

「え？　これって、なんですか？」

彩実はタブレットの画面をまじまじと見つめた。

そこには忍をはじめ、数えきれないほどの名前や住所、勤務先などが書かれていた。知っている名前もあれば、まったく知らない名前がその何倍もあり、なんのリストなのだろうかと首をひねる。

すると、少し離れた場所でその様子を見ていた諒太が、口を開いた。

「それは、如月家側の招待客のリストだ。今朝、君のところの会長の秘書から送られてきた。俺もさっき確認した」

「招待客のリスト？　え、こんなに早く？」

彩実は慌ててタブレットをもう一度確認した。

先頭のページには【如月家招待客リスト（仮）】と書かれていた。

「嘘……結婚しろって言われてからまだ五日くらいしか経ってないし、私、なにも聞かれてないのに……」

呆然とつぶやきながら、彩実は改めてリストに目を通していく。

如月ハウスの社員の名前なら、リストアップされていても納得できるのだが。

彩実の学生時代の友人の名前や仕事関係でお世話になった人の名前までが列挙されているのを見て、賢一のその情報収集力に心底驚いた。

「いったいどうやって調べたんだろう……」

賢一のことだ、財力と伝手《つて》を総動員して調べ、作り上げたに違いない。

「今さら驚いても仕方がないか」

これくらい当然だなと、彩実は苦笑した。

「それにしても、すごい人数……あ、忍君はご両親も招待されてる。それと……あっ」

彩実はリストの中にフランスに住む親戚たちの名前を見つけて、声をあげた。

「ハンナおばちゃんもシオンもマークも……すごい、みんな勢ぞろい」

母方の親戚たちの名前がいくつも並び、彩実はタブレットを手にしたまま軽く飛び上がった。

まさか賢一が、自分とはなんの縁もない麻実子の母方の親族をわざわざ招待するとは思ってもみなかったのだ。

見知らぬ名前のほうが多い招待客の中に、自分の味方を見つけたようで、彩実は大きな笑顔を見せた。

そして、披露宴でみんなに歌をお願いしようと思い、ふと気づく。

「フランスからみんな来てくれるかな……。ハンナおばちゃんも、晴央《はるお》おじちゃんも、足が弱ってきてるらしいし……。直行便でも長い間座りっぱなしなんて体に悪いし」

麻実子の叔父、晴央と妻のハンナは今年八十歳を超え、そろそろブドウ農園の仕事にも無理が出てきている。

もちろん人を雇って収穫やワインづくりを行っているが、ふたりとも畑に出るのが大好きなのだ。

日常生活に大きな不便はなく、ボケることなくはつらつとしているが、やはり体力の衰えは顕著だと、親戚からのメッセージの中に書かれていた。

結婚式に来てもらえるのかどうかが気になるのはもちろんだが、しばらく会っていない親戚たちの体調が心配になり、彩実は黙り込んだ。

「マリュス家の人間が、民間機で来ると本気で思ってるのか？」

「……え？」

諒太のイライラした声に、彩実は顔を上げた。

「フランスからプライベートジェットで日本に来るそうだ。だから、長時間座りっぱなしで体調を崩す心配はそれほどない。専属のドクターも同行する」

そんなことも思いつかないのかとほのめかすあきれた口調に、彩実はそうだったとうなずいた。

「あ……そっか。そういえば、何機かプライベートジェットを持ってました。いつもわざわざ私のために飛ばしてくれようとするんですが、申し訳なくて断ってるんですけど。あ、だったらみんなが帰るとき、私もプライベートジェットに乗せてもらってフランスに行こうかな」

彩実はしばらくみんなと一緒にいたいと思ったが、目の前の諒太が顔をしかめたのを見てハッとし、それは無理だと気づいた。

その頃自分は結婚しているのだ……この厳しい表情を続ける男前と。

「む、無理ですよね……。わかってます」

体を小さくして謝る彩実に、諒太は無言のまま眉をひそめた。

言葉にしてくれたほうが気が楽なのだが、諒太はそれも面倒なのだろう。深いため息をひとつついただけで口を閉じた。

　ふたりの間に気まずい空気が流れるが、それにかまわず飯島が明るく口を開いた。

「あの、彩実様は、ご親族にフランスの方がいらっしゃるのですか？」

「えっと、彩実様はなんだか……彩実でいいですよ」

　彩実は苦笑しながら小さく首を横に振る。

　飯島の立場を考えればその呼び方は当然かもしれないが、やはり照れくさい。

「でも……。わかりました。では、彩実さんと呼ばせていただきますね」

　そう言って軽くうなずいた飯島に、彩実も笑みを返した。

「えっと……。あ、そうなんです。曽祖母がフランス人なので、八分の一がフランスなんです。なんでも日本人の曽祖父が大昔、フランスに留学して曽祖母と恋をしてそのまま結婚したらしいんです。曽祖母はフランスの大きなブドウ農園の娘で大反対されたそうなんですけど、強引に結婚しちゃって。すでに亡くなってますけど、仲のいい夫婦だったそうです」

「すごい。そんな昔に国際結婚なんて、ドラマティックですね」

　目をうるうるさせて聞き入る飯島に、彩実もこくこくうなずいた。

　諒太の言葉に傷ついた名残のせいか、彩実はやけに饒舌《じょうぜつ》だ。

「私も子どもの頃からその話を聞くたびにうっとりしちゃって。留学自体珍しい時代でしたから、まさに運命ですよね。……憧れてしまいます」

彩実は運命という言葉を口にした途端、諒太と自分の出会いをふと重ね合わせ、無意識に視線を向けた。

あの日諒太と出会ったのは運命だと、ずっと思っていたのだ。

諒太は、盛り上がる彩実と飯島を覚めた目で見ていた。もちろん彩実が運命という言葉に反応して振り返ったとは、思ってもいない。けれど、視線が合ったとき、彩実と飯島の会話にあきれていただけかもしれないが、彼の口もとは微《かす》かに緩んでいた。

それを見て、彩実のこわばった心がほんの少し和らいだ。

「なんだ？」

突然彩実から視線を向けられ、諒太の表情はあっという間に厳しいものに変わった。

「い、いえ……べつに」

一瞬目にした諒太のやわらかな口もとは見間違いだったのだろうかと思うほどの、冷たい彼の声。彩実は思わず後ずさった。

「フランス人との恋愛に限らず、君にはもう恋愛を楽しむ自由はない。その代わりに手に入れたのが、それこそ君がお姉さんに代わって強引に掴み取った、俺とのドラマティックな未来だ。……違うのか？」

「そんなこと……」

余裕を感じさせる淡々とした諒太の声に、彩実は唇をかみしめた。再び晴香のことを持ち出され、それまで盛り上がっていた気持ちが沈んでいく。

けれど、最後に彩実に答えを求める程度には、諒太も彩実の感情を気にかけているのかもしれないとも感じた。

だからといって、飯島の前でこれ以上尖った言葉のやり取りを続けるわけにもいかず、彩実はただ力なく首を横に振った。

「あの、フランスからいらっしゃる方々の中に日本名の方もいらっしゃいますね」

飯島は彩実と諒太の神経質なやり取りを気にすることなく、タブレットの内容を確認しながら、その画面に並ぶ名前を指さした。

「マスコミで話題になったこともあったのでご存じかもしれませんが、私は如月ハウスの会長の血縁上の孫ではないんです。この如月吾郎と菜緒美《なおみ》というのが実の祖父母です」

家業のことなど後回しで自由気ままに生きていた吾郎が、たまたま日本に来ていた菜緒美と恋に落ちた。

すぐにフランスでも有名なブドウ農園の娘である菜緒美を連れ戻しにきた親族ともめたのだが。当時如月ハウスを引き継いだばかりの賢一が間に入り、話をつけた。彼は吾郎と菜緒美の結婚の許可と引き換えに、政界の要人である親戚をマリュス家に紹介し、結婚を認めさせたのだ。

現在ほど日本人にワインを楽しむ習慣がなかった当時、ワインの販路の拡大を模索していたマリュス家にとっては渡りに船。

マリュス家は賢一の顔を立てるという建前のもと吾郎と菜緒美の結婚を許し、そして政界の要人との縁を掴んだのだ。

それを機に、彩実のフランスの親戚たちはワイン販売でそれまで以上の富を築き、今では世界的に有名な雑誌で年に一度発表される長者番付で、上位に入るほどの成功者となった。

そうはいっても、実際の暮らしの中に億万長者の雰囲気はまるでなく、ブドウとワインを愛する朗らかなおじ様とおば様たちだ。

彩実は明るい気持ちでタブレットを飯島に返した。

「結婚式でみんなに会える」

それだけで結婚式を楽しめるほど諒太との結婚の見通しは甘くないが、とりあえずそれを楽しみに準備を進めようと、彩実は乾いた声で小さく笑った。

するとと、飯島がそれまでにも増して興味深げな視線を彩実に向けた。その視線は彩実の全身を何度も行き来する。

「あ、あの、どうかしましたか？」

どこか楽しそうな飯島の表情に困惑した彩実は、じりじりと後ずさる。

「あ、すみません。お会いした瞬間から小顔で手足が長くスタイルがいい、お綺麗な方だと思っていたんです。そうなんですね、フランス人の血を引いてらっしゃるんですね。本当にうらやましいです」

彩実をまじまじと見つめ、飯島は感心するように言葉を続ける。

たしかに彩実は手足が長く、すらりとしているが、身長は一五八センチとそれほど高くない。

むしろ飯島のほうが彩実よりも十センチ近く背が高い。

彩実からすれば、逆に彼女がうらやましいのだが。

彼女は彩実をあらゆる方向から眺め、何度もうなずいている。

「素敵な花嫁様になられますよ。副社長も、結婚式が楽しみで仕方がないですよね？」

しみじみとつぶやく飯島の言葉にまごついた彩実は、思わず諒太に視線を向けた。

飯島は、諒太のくぐもった声を聞いて照れていると思ったのか、にんまりと笑った。

「私はおふたりの結婚式が楽しみになりました。なんといってもここまでお綺麗な新婦様ですから、準備のしがいがあります」

両手でガッツポーズをつくる飯島に諒太は肩をすくめ、絶えず浮かべていた厳しい表情を消した。

切れ長で大きな目が一瞬優しく微笑んだように見え、彩実の胸がざわめいた。

睨まれるか面倒くさそうな顔を向けられるばかりで、それに慣れたつもりでいたが、やはり穏やかな表情を見るとホッとする。

諒太は本来、今見せた表情のように優しく、思いやりがある人なのかもしれない。

初めて会った日の諒太は、たしかに優しかった。

三年前の諒太をふと思い出し、彩実は当時の面影を探すように、諒太を見つめた。

まっすぐ向けられる彩実の視線に気づいた諒太は、一瞬で表情をこわばらせた。

「なんだ？」

諒太の低い声が、彩実を再び突き放す。

「あ……あ、いえ、なんでもないんです」

彩実はピクリと体を震わせ、慌てて答える。

さっきの優しい表情は見間違いだったに違いない。

もしくはそんな顔が見たいという願望が生み出した幻だ。

彩実は諒太がこの結婚を面倒だと口にしていたことを思い出し、やはりこの結婚に期待してはいけないと、改めて気持ちを引き締めた。すると、飯島が満面の笑みを浮かべ、弾んだ声をあげた。

「如月様は色白だし、目は大きくて瞳も髪も優しくて魅力的なお色で、それこそフランス人形みたいにかわいらしくて……。私、がんばります」

「……え？　なにを？」

飯島の言葉が理解できず、彩実は聞き返した。

「精いっぱい力を尽くして、如月様を極上の花嫁に仕上げてみせます。さ、今から衣装合わせですよ。存分に試着をして、最高に似合うドレスを選びましょう」

彩実はそうだったと思い出した。

今日白石ホテルに来た一番の目的は衣装合わせで、諒太からも急かされたばかりだ。

「サロンにおすすめの衣装をたくさん用意しましたので、今から向かいましょう」

飯島は彩実の背を軽く押し出すと、彼女に気圧《けお》され気味の諒太に向かって大きな笑顔を浮かべた。

「副社長もこんな綺麗な女性と結婚できるなんて幸せ者ですね。スマホの充電は大丈夫ですか？　彩実さんのドレス姿の写真をじゃんじゃん撮ってくださいね」

「そ、その必要はないですから……」

まさか諒太が自分の衣装に興味があるとも思えず、写真など撮るわけもないと、彩実は慌てて飯島を止めた。

「あ、でも副社長。もしかして、衣装は特別にフルオーダーなさるおつもりでしたか？　それなら大至急、職人たちを招集しますけど……お式まであと三カ月もありませんからねー。お色直しの回数にもよりますが、今からだと日程的にかなり難しいと思うのですが」

ウキウキした表情から一変、大切なことを思い出したように、飯島が不安げに諒太に顔を向けた。

ただでさえ落ち着かない状況にいた彩実は、「フルオーダー？」と戸惑い、いやいやすでにある既製品で十分だと焦った。

けれど、もしかしたら如月家の娘として衣装のレンタルなど、賢一が許さないかもしれない。

そう思った瞬間、彩実は苦笑いを浮かべた。

「そんなこと、あるわけないか……」

賢一の直系の孫である晴香なら時間をかけてドレスや白無垢などを仕立てるだろうが、彩実に同じレベルを求めるわけがないのだ。

「いや、衣装ならなんでもいいんだ。うちで用意できる既製の衣装の中から選べば十分だ」

賢一が口にするであろう言葉を、そのまま諒太が冷静に口にし、彩実は「ほら、やっぱり」と心の中でつぶやいた。

諒太にとってこの結婚がどんな意味を持っているのか、彩実にははっきりとわからないが。

きっと、彩実の衣装がなんでもいいのと同じように、諒太には結婚の行く末がどう転ぶのかもどうでもいいのだろう。

そのことはわかっていたはずだが、彩実は胸に痛みを覚えた。

その後ブライダルサロンに連れてこられた彩実は、諒太とともにＶＩＰルームに案内された。

グレーのカーペットが敷きつめられた広い部屋の三方にいくつものラックが並び、隙間なくウエディングドレスとカラードレスがかけられていた。

「わあ……綺麗」

こんなにたくさんのウエディングドレスを実際に見るのは初めてだ。

彩実は引き寄せられるように白いドレスの海に近づき、食い入るように見つめる。

それぞれデザインも素材も違うが、レースの繊細さや丁寧に縫いつけられたパールの輝きに、思わず息をのんだ。

諒太から衣装合わせに来いと言われてから今まで夢も期待も持たず、サイズが合えばなんでもいいと思っていたが、いざ目の前にすると、華やかなドレスの魅力に目を奪われる。

「彩実さんでしたらどのデザインもお似合いになると思いますが、まずはプリンセスラインから試着なさいませんか？」

目を輝かせてドレスを見ている彩実に、飯島が一着のドレスを手に取り、彩実の体に合わせてみせた。

「このドレス、とても華やかで素敵だと思いませんか？　実際に如月様とお会いしてこのデザインがお似合いではないかと思いました。あ、もちろん好きなだけ試着していただいてかまいません。そうですよね、副社長」

「え、副社長？」

彩実が驚いて振り返ると、諒太が部屋の入口にもたれていた。

相変わらず表情は硬いが、彩実をどこか気にするように様子をうかがっている。

「とりあえずいくつか試着していただきますので、副社長は部屋の外で待っていてくださいね。どれをお召しになってもきっとお似合いですから、副社長も楽しみにしていてください」

からかい気味の飯島の言葉に、彩実は慌てた。

「待っていてって……え、諒太さんも衣装合わせに付き合うってことですか？」

試着するにしても単なるドレスではない、ウエディングドレスなのだ。

それを身に着けた姿をいちいち諒太に見られるのは恥ずかしすぎる。

衣装合わせといっても、彩実に関心がない諒太のことだ、係の人に彩実を託し、自分はさっさと仕事に戻るのだろうと考えていたのだ。

「あの、お忙しいでしょうから、私ひとりでも大丈夫です」

ぜひともそうしてほしいと願いながら彩実はそう言ったが、諒太はそれが気に入らないのか顔をしかめた。

「飯島、外で待ってるから、着替えたら見せてくれ」

諒太のその声に、飯島の「承知しました」という元気な声が重なった。

それからというもの、彩実はまず初めにブライダルインナーを着せられ、試着を繰り返した。

どちらかといえばあっさりとしたデザインで無駄な装飾のないドレスに目がいく彩実に対して、飯島は華やかでレースやパールが印象的なドレスを選ぶ。

「絶対にお似合いです。彩実さんはかわいらしいお顔をしていらっしゃいますし、小顔で鎖骨も綺麗ですから、ぜひこれをお召しになってみてください。ささ、騙されたと思って」

何着目かもわからないドレスは、フリルとレースをふんだんにあしらったプリンセスラインだ。

裾はボリュームたっぷりのロングトレーンで背中のリボンが目を引いている。

手にしたときはあまりにも華やかすぎて自分には似合わないと思ったが、いざ着てみるときゅっと締まったウエストから足もとに大きく広がるスカート部分が彩実のスタイルのよさをさらに際立たせ、オフショルダーのおかげで、綺麗な鎖骨が目立っている。

髪を緩くまとめられ、ハイヒールに足を通して鏡の前に立つと、彩実は思っていたよりもこのドレスが自分に似合っているような気がした。

飯島は彩実の隣に立ち、鏡越しに興奮した声を上げる。

「お綺麗です。こちらにご用意したドレスのほとんどは新作なんですが、これも二日前に届いたまっさらのドレスなんです。ぜひこれで当ホテル自慢のチャペルのバージンロードを歩いていただきたいです」

飛び上がらんばかりのはしゃいだ声に、試着を手伝っているブライダル係のふたりの女性が苦笑している。

けれど、ふたりとも飯島と同じ気持ちのようで、続けて「本当にお似合いです」と口にする。

そんな褒め言葉が続き、彩実も次第にその気になっていく。

「そうですね……実は私もこのドレスが一番しっくりきて、いい気分になります」

彩実は恥ずかしげに飯島にそう伝えた。

「私もこれが一番いいと思います。これなら副社長も納得されるはずですから、早速お呼びしてきますね」

「あ、あの……」

彩実は部屋を出ていこうとする飯島を止めるが間に合わず、彼女はあっという間に部屋を飛び出していった。

「このドレスでがっかりされたら、さすがに落ち込む……」

彩実は鏡の前で肩を落とした。

これまで何着ものドレスを試着し、そのたび飯島に呼ばれた諒太が彩実のドレス姿を確認するのだが、毎回複雑そうな表情で首をかしげただけ。結局満足しない表情でさっさと部屋を出ていくという繰り返しだった。

まさかとは思うが、無理やり彩実と結婚させられることに腹を立て、こうして彩実に意地の悪いことを繰り返して、うっぷんを晴らしているのではないだろうかと思えてきた。それほど、彩実は疲れていた。

「どのドレスを着ても納得してくれないなら、もういいや、これに決めよう」

真っ白なシルクがたっぷりと使われたロングトレーンをヒールで踏んだりしないよう注意しながら鏡の前でドレスを確認していると、飯島が戻ってきた。

もちろん、その後から諒太も部屋に入ってくる。

彩実はこれまで繰り返していたように体を諒太に向け、両手でドレスを整えた。

足もとに広がるレースを何度も手でなでながら、照れくささをごまかしていると、諒太がつかつかと近づき、彩実の傍らに並んだ。

「まるで君のためにあつらえたようなドレスだな……」

諒太は目を見開き、本音が思わず口に出たかのようにつぶやいた。その熱のこもった言葉に彩実を貶めたり小バカにするような声音は感じられず、彩実の姿にただ驚いている。

そんな諒太の反応を予想していなかった彩実は、どう言葉を返していいのかわからず、恥ずかしくてうつむいた。それでもやはりうれしくて、口もとが緩むのはどうしようもない。

「今までのドレスも悪くなかったが、これはまた、別格だ」

続けてそう口にした諒太は、豊かに広がるドレスの裾を踏まないよう気をつけながらも彩実の背中に手を回し、彩実の体ごとドレスの手触りを確認している。その指先が彩実の肩に触れた途端、彼女の体は震え、あっという間に赤みを帯びた。

「あの、これ……このドレス、どうですか？　似合ってますか」

照れくささをごまかすように、彩実は諒太に尋ねた。

視線を上げれば、諒太の瞳も熱がこもりまっすぐ彩実を見つめていた。

束の間ふたりの視線が絡み合い、彩実は部屋の温度が上がったような気がした。

そのとき、相変わらず衣装合わせを楽しんでいる飯島のはしゃいだ声が部屋に響く。

「今までのドレスも似合ってらっしゃいましたけど、今回はまさしくプリンセス。抱きしめたくなるほどお美しいですよね」

飯島はそう言って、うっとりとした目で彩実を見つめた。

「プリンセスなんて、言いすぎです……」

彩実は照れて小声でつぶやいた。

「いーえ。言いすぎではありません。本当にお綺麗ですよ。私が担当させていただいた中でも間違いなく一番美しい花嫁様になりますから、絶対このドレスにしましょう。副社長もそれでかまいませんよね？」

「ああ。かまわない」

諒太は当然だとばかりにはっきりと答え、彩実にもそれを納得させるような強い視線を向けた。

「私も、このドレスでかまいません。あ、いえ、ぜひともこれがいいです」

力強くそう言った彩実に、飯島は満足気にうなずいた。そして、彩実の足もとにしゃがみ込みロングトレーンのしわを丁寧に伸ばして整えた。

「このドレスだと、ブーケはどんなデザインがいいでしょうねー。ティアラはあまり派手でないのがいいかな……副社長はどう思いますか？」

飯島の問いに、諒太は再び彩実の全身に視線を向けた。

「そうだな……俺は──」

彫刻のように整った諒太の顔が間近に迫り、彩実は無意識に後ずさるが、慣れないハイヒールのせいでバランスが崩れた。

「あっ」

彩実は足もとに広がるトレーンを踏まないように不自然な格好で体を揺らし、両手は大きく空を切った。

「彩実さん、危ないっ」

慌てる飯島の声が部屋に響く中、彩実の体が背後に倒れていく。

「おいっ」

今にも床に倒れ込みそうになったとき、諒太の手がすっと伸び、彩実の体を支えた。

「大丈夫か？」

「だ、大丈夫……です」

「気をつけろ」

諒太はひとつ息を吐いて、彩実の体を抱き起こした。

彩実は慣れないハイヒールでどうにか立つが、倒れそうになったショックが残っているようで足に力が入らない。

彩実はすがるように諒太の胸に体を預けた。

諒太は自分の胸に置かれた彩実の手を無理やり離そうとせず、彩実の背に回した自分の手を腰の上で組む。彩実は、心なしか引き寄せられたような気がした。

ただでさえ間近にあった諒太の顔がさらに近づき、心臓がやけにうるさい。

「えっと、あの」

「なんだ？」

「あの、この、このドレスに決めて、いいんですよね？」

なにか話さないと間が持たないと思い、彩実は再びドレスのことを確認した。どれだけこのドレスを気に入っているのだとあきれられそうだが、意外にも諒太から返ってきたのは満足気な言葉だった。

「ああ。このドレスでいいだろう。最近フランスで人気の若手デザイナーの作品だ」

どこか誇らしそうにも聞こえる諒太の言葉に、彩実は小さく反応した。

「フランスの？」

「ああ。うちのホテルと取引のある商社おすすめのデザイナーらしい」

淡々と話しながら彩実の体を見下ろし、諒太は目を細めた。

彩実はフランスのデザイナーのドレスだというのも縁を感じてうれしいが、なによりも諒太がこのドレスを気に入ってくれたようでうれしく、口もとを緩めた。

すると、それまでふたりの傍らで彩実の様子を見ていた飯島が嬉々とした表情で彩実の顔を覗き込んだ。

「彩実さん、実はこのドレスは副社長自ら選んで取り寄せた極上の品なんですよ。ですからお似合いなのも当然です」

「え、本当ですか？」

にんまりと笑った飯島に促されるように彩実が諒太を見ると、諒太はすっと視線を逸らし、彩実の腰に回していた手をほどいた。

突然距離を取られて体は不安定になったが、その横顔が今までになく焦っているようで、彩実は心が温かくなるのを感じた。

「ようやくこれでウエディングドレスが決まりましたね。お疲れさまでした」

飯島はひと仕事を終えてホッとしたように、彩実と諒太に軽く頭を下げた。

「ありがとうございました。飯島さんもお疲れですよね」

彩実もホッとしながら時計を見ると、一着のドレスを選ぶだけで二時間近くかかっている。

笑顔を絶やさず彩実に付き合ってくれたが、飯島も疲れているだろう。

彩実が訪れたとき、サロンには客らしき人はひとりもいなかった。

きっと彩実が最後の客に違いない。

「あ、じゃあ、すぐに着替えますね。遅くまで付き合っていただいて、すみません」

時間外労働を強いているのかもしれないと焦った彩実は、早く着替えようとドレスの裾を両手で持ち上げた。

「えっと……あの、着替えますけど？」

諒太がここにいては着替えられないと気づき、彩実は視線を上げた。

けれど、諒太が出ていく気配はなく、なぜかラックにかかっているドレスを真剣に見ている。

「あの、諒太さん……？」

「君には淡いパープルが似合いそうだな」

「パープルって、あの……」

「彩実さん、ウエディングドレスも決まったことですから、続いてカラードレスの試着も楽しみましょう」

　飯島のワクワクするような声が部屋に響き、彩実はハッと振り返った。

「え、まさか、今からですか？」

「そうですよ。こういうのは一気に選ぶのが大切なんです。それに、今も副社長がいくつか選んでくださってますから、順番に着てみましょう」

「選んでくださってるって……嘘っ」

　飯島が向かった先では、諒太がラックからドレスを次々と取り出していた。

　ウエディングドレスとは雰囲気が違う、軽やかなシフォン素材であっさりとしたデザインのものや、クラシカルなハイネックのドレスなど、迷うことなく次々と選んでは、その都度飯島に手渡していく。

　手際よく決めていくその様子にも驚くが、飯島の手にドレスが五着ほどのせられたとき。

「とりあえず今日はこのパープルを試着するだけで、残りは試着しなくていい。サイズは次回の打ち合わせで調整すれば、当日に間に合うだろう。あ、今日選んだドレスは全部買い取るから処理を頼む」

　諒太は平然とした表情で飯島に命じた。

「はい、承知しました。えーっとカラードレスが全部で六着ですね。あの、でしたらお色直しは全部で六回ということですね」

「いや、式はチャペルだが、披露宴では色打ち掛けも、ありだな。だったら七回」

しれっと言いきる諒太に、飯島はふむふむとうなずいている。

少し離れた場所でその会話を聞いていた彩実も、つい「そうか、七回か……」と納得しそうになる。けれど、飯島が抱えているカラードレスの数の多さを見つめているうちに、我に返った。そんなに何回もお色直しをする必要があるとは思えない。

「あ、あの、できれば私の意見も聞いていただきたいんですけど」

突然大きな声をあげた彩実に、諒太と飯島が視線を向けた。

「あ、すみません。せっかくの披露宴ですから、彩実さんもカラードレスをご自分で選びたいですよね。追加するならいくらでもおっしゃってくださいね」

「ち、違う。そうではなくて」

飯島の勘違いに、彩実はあわあわと言葉を失った。

「それにしても、披露宴で副社長が選んだドレスを着るなんて、ロマンティックです。それに、どれもこれも素敵なドレス。きっと彩実さんにお似合いです。たとえ十回お色直しをしても招待客の皆様は大喜びですよ」

自信ありげに胸を張る飯島の隣で、諒太がふと目を細めた。

「あ……」

ほんの一瞬諒太の顔に浮かんだ笑みは、たしかに彩実に向けられていた。目を優しく細め、口角が少し上がっただけだが、これまでとことん厳しい顔ばかりを見せられていた彩実にとっては極上の笑顔。

瞬間、息をのむほどだった。

「さ、とにかくこのドレスを試着しましょう。ということで、副社長はしばらく外でお待ちくださいね」

黙り込む彩実を見た飯島は、彩実がお色直しについて納得したと勘違いし、諒太を部屋から出した。

「このパープルのドレスも、きっとお似合いです。さあ、試着しましょうねー。あ、ドレスはすべて副社長が買い取るそうですから、サイズ直しはもちろん、自由にアレンジを加えられますのでおっしゃってください。胸もとのパールを増量というのもありですよ」

飯島の瞳がきらりと光り、その言葉に彼女の本気を感じた彩実は、もう従うしかないと、覚悟を決めた。

幸いなことに、諒太が言った通りカラードレスの試着は一度で済んだ。

諒太が選んだパープルのAラインのドレスはひざ丈のミニで、袖の部分がレースで覆われ、スカート部分はオーガンジーを何層も重ねてボリュームをつくったかわいらしいデザインだった。

「まるでバレリーナみたいです。あ、どうせなら靴はバレエシューズをモチーフにして特注しましょう。手袋は同じ色のレースで、できれば綺麗な栗色の髪はまっすぐに下ろしたいけど、それはメイクさんとも相談ですね」

ミニのドレスを着た彩実を見ながら、飯島がぶつぶつ言っている。

その隣で諒太も彩実の姿を見つめている。

諒太自身が選んだドレスを着ているからだろうか、幾分表情はやわらかく、感想を口にするわけではないが、気に入らないわけではなさそうだ。

それにしても、居心地が悪い。

自分では選ばないミニ丈のドレスを着せられ、彩実は恥ずかしくてたまらないのだ。

「副社長、これほど奥様に似合うドレスをひと目見ただけで選ぶなんてさすがです」

一応参考までにと言ってタブレットで彩実のドレス姿を撮りながら、飯島が感心するようにつぶやいている。

「奥様……」

その響きに、彩実は頬を赤くする。

ここにきてようやく自分が妻になるのだと実感した。

予定通りに進めば、三カ月も経たないうちに正真正銘諒太の妻になり、白石家の一員として生きていくことになる。

ドレスを着ているせいか、その事実が今までになく現実的なものに思え、彩実の心に広がっていく。

そっと視線を上げると、腕を組み、彩実を眺めている諒太と目が合った。

彫刻のように無機質に見える顔から彼の感情は読み取れないが、つい、笑顔をもう一度と願ってしまう。

そのとき、ノックする音が響き、ドアが開いた。

「失礼します……。あら、まだ試着が続いているんですか。やっぱりお嬢様はあれこれ要望が多くて大変なんですね」

鋭い声でそう言いながら部屋に入ってきたのは、ホテルの制服を着た長身で綺麗な女性だった。

遅い時間だというのにメイクに崩れはなく美しい。低い位置でまとめたシニヨンからは髪の毛一本飛び出さず、きっちりとまとめられている。

奥二重の目と力強い眉からは自信のようなものが感じられ、まだなにも話していないというのに、彩実は彼女に圧倒されそうになった。

「三橋《みはし》さん、お疲れさまです。わざわざサロンにいらっしゃるなんて珍しいですね」

「副社長にお伝えすることがあるだけで、べつにサロンに用はないわよ」

とげのある三橋の言葉に、飯島は彩実を守るように彼女の前に立った。

彩実は飯島の背後から顔を出し、ちらりと三橋と呼ばれた女性を見た。

一七〇センチ以上はありそうな長身は、諒太と並んでもバランスがよく、美男美女でお似合いだ。

「もう仕事は終わったはずだが、どうしたんだ？」

諒太はそう言って穏やかな視線を三橋に向けた。その気安い様子を見て、彩実の胸はざわついた。

「副社長に早くお伝えしておいたほうがいいと思いまして」

三橋は、手にしていたタブレットの画面に視線を落としたまま、もったいぶるように口を開いた。

「飯島さん。仕事熱心なのはいいけれど、長時間副社長に付き合っていただいてまで衣装合わせをする必要があるのかしら。お嬢様のご機嫌をとるのも結構だけど、副社長にはそんなつまらないことにかまっている時間はないのよ」

あきらかにバカにしているとわかる声に、彩実はピクリと体を震わせた。

「それに、ただでさえ予約が詰まっているのに、時間外だとはいえお嬢様の衣装合わせのためにサロンを貸し切りにするなんて。明日のお客様の準備もしなければならないのだから、効率というものを考えてちょうだい」

飯島を叱りつける三橋の視線は、飯島の背後にいる彩実に向けられている。

お嬢様という言葉に、彩実を揶揄する三橋の意思が感じられ彩実の胸にむくむくと怒りが湧いてくる。

そんな彩実の気持ちを察したのか、諒太がおもむろに口を開いた。

「三橋、俺がつまらないことにかまっている時間がないとわかっているなら、早く用件を言ってくれないか。これ以上お嬢様の相手をするのは疲れるからな」

「つ、疲れるって……」

彩実は怒りを静めるように、両手をぐっと握りしめた。つい反論しそうになるが、事を荒立ててはいけないと、我慢する。

そのとき、目の前の飯島からくすりという笑い声が聞こえた。

「そうですねー。すみません。ちょうどお嬢様、いえ副社長の未来の奥様の衣装合わせも終わって、副社長もその綺麗なお姿に大満足のようなので撤収しまーす。披露宴では花嫁の極上の美しさが話題になって、マスコミをにぎわすと思いますよ。次期社長夫人の華やかな美貌の秘密なんていう特集が組まれるかもしれませんね。そうなると、ホテルの宣伝にもなりますし、広報宣伝部の三橋さんも忙しくなりますよ。あ、次期社長夫人のお着替えがありますので、三橋さんは出ていただけますか？」

ひと息でそう言った飯島の背中を見ながら、彩実はぽかんとする。

丁寧な言葉遣いで綺麗だの美貌だの、やけに彩実を褒めていた。

ホテルの従業員が客をいい気分にさせるのは仕事のうちだろうが、言われ慣れていない言葉に、彩実は膨らみ続けていた三橋への憤りなど忘れ、居心地が悪くなった。

たまらず飯島の横顔を見ると、彼女は三橋に向かってにっこりと笑っていた。

あっけらかんとした表情だが、よく見ると口もとがぴくぴくと震えている。

どうやら怒りをこらえているとわかり、彩実は思わず小さな声で笑った。

その途端、諒太に寄り添うように立っていた三橋の体が大きく反応した。

顔をしかめ、悔しそうに唇をかみしめている。

あきらかに飯島と三橋は仲が悪くけん制し合っているが、三橋の挑戦的な視線は彩実にも向けられている。

おまけにこれ見よがしに諒太に寄り添う姿を見れば、恋愛経験ゼロかつ鈍感な彩実でも三橋の気持ちに気づかないわけがない。

諒太を好きなのだろう。

「三橋」

彩実を睨むように見ている三橋の顔を諒太が覗き込んだ。

「昨夜も遅くまで食事に付き合わせたから、疲れているだろう。社用車で送ったときには日付も変わっていたし、今日はもう仕事を終わらせて帰ったほうがいい」

諒太は優しい声でそう言うと、三橋の腕に軽く触れた。

彩実が立つ位置からは諒太の表情は見えないが、気遣いが感じられる声音から、諒太と三橋の親密さが容易に理解できた。

昨夜もふたりは一緒にいたんだ……。

彩実は唇をかみしめ、目の前の飯島の背中に身を隠した。

「わかりました。副社長にはまだ仕事も残っていらっしゃると思いますのですぐに失礼しますが、その前にこちらをご覧いただけますか？」

諒太の言葉に気をよくしたのか、三橋は彩実と飯島に挑戦的な視線を向けた後、夕ブレットを諒太に差し出した。

すると、諒太の表情がすっとこわばった。

「ついさっきネットで公開された記事ですが、情報元はまだわかっていません。来月の役員会でご婚約を報告してから記者発表の予定で進めていましたが、早急に対応しなければならないと思います」

諒太は冷静に話す三橋の手からタブレットを取り上げ、これまでにない冷ややかな表情でつかつかと彩実のもとにやって来た。

「俺との結婚をマスコミに流したのは君か？」

「マスコミ？　え、なんのことですか？」

諒太の荒々しい声に後ずさりながら、彩実は首をかしげた。

「とぼけるな。やはり、自分が欲しいものを手に入れるためなら、なんだってするんだな」

広い部屋に、諒太の怒号が響いた。

これ以上ないほど顔をしかめ、怒りをこらえるように拳を握りしめている。

よっぽど感情が高ぶっているのだろう、いつも冷静で彫刻のように無機質な顔が赤く染まっている。

「あ……あの？」

彩実はじりじりと詰め寄る諒太に気圧されながらも、その色気あふれる立ち姿に見とれそうになっていた。

「君はマスコミと仲がいいようだな？」

「え、マスコミってあのマスコミですか？」

「そうだ。君以外に誰が俺たちの結婚のことをマスコミにリークするんだ」

「リークなんて言われても、意味がまったくわからないんですけど」

諒太とのかみ合わない会話に彩実は戸惑う。けれど、その仕草にさえ諒太はむっとしたのか、微かに顔をしかめた。

「こんなことをして、君以外に誰が得するっていうんだ？　こうしてマスコミに情報を流しておけば確実に俺と結婚できるとでも考えたんだろう」

くぐもった声で彩実に詰め寄る諒太に、彩実は首を横に振る。

「あの、いったいなにに怒ってるのか、わけがわかりません。いい加減教えてもらいたいんですけど」

端整な顔に怒りの感情が混じると、これほど魅力が増すのだなと、彩実は目の前に迫る諒太の美しすぎる顔に感心しながら答えた。

その一方で、なにかがおかしいと感じていた。

「わからないわけがないだろう。君以外、こんなことをする理由を持つ人間はいないんだ。お姉さんのことまでリークして……。晴香さんは俺と見合いしてもいっさいマスコミに情報を売るようなことはしなかった。姉妹だというのに——」

「え、晴香……？　どうして今、姉のことが出てくるんですか？」

諒太の口から晴香の名前を聞き、彩実は大きく反応した。

今日ここに来てから、晴香の名前が出たことはなかった。

というよりも、諒太と交わす言葉の数は絶対的に少なく、必要最低限のことを話すのみ。

まるで業務連絡に終始する上司と部下の会話のようで、そこに晴香の名前が入り込む余地などなかったのだ。

平然と言い返す彩実にさらに気を悪くしたのか、諒太は乱暴な仕草でタブレットを彩実に押しつけた。

「だったらこの記事はどういうことだ？　俺たちの結婚のことだけでなく、お姉さんの結婚のことまでリークするなんて、最低だろう。よっぽど俺と結婚したいらしいな」

「副社長、落ち着いてください。彩実さんがおびえていま……せんね。えっと、落ち着いてらっしゃいますけど、大丈夫、ですか？」

　飯島の気遣う声を耳にしながらも、彩実はタブレットの記事から目が離せず、それどころではなかった。

「どうだ。自分は国内屈指の高級ホテルの御曹司と結婚。一方でお姉さんは、今後どう成長するのかもわからない家具職人と結婚だ。計画通りに事が運んで満足か？」

　諒太のあざけるような声にも彩実は反応せず、一字一句見逃さないとでもいうように読み続ける。そんな彼女に、諒太はいら立ちを隠せない。

「おい、自分の思い通りに計画が進んでうれしいだろ。白石ホテルの社長夫人なら一生苦労せずに暮らしていけるからな。俺との結婚を確実にするためにお姉さんを家具職人に押しつけるなんて、卑怯だと思わないか」

「……よかった。忍君のことが悪く書かれてなかった」

　目の前で乱暴な言葉を重ねる諒太を無視し、夢中で記事を読んでいた彩実は、ホッと息を吐き、安心したように顔を上げた。

「あの、それってなんですか？」

　飯島が彩実の手もとを覗き込み、タブレットの記事に視線を落とした。

「え、『如月ハウスの美人姉妹が同時に婚約』って。あの、姉妹そろってご婚約ですか？」

飯島はタブレットを彩実の手から受け取り、興味深げに読み始めた。

「えーっ。お姉様が小関家具の御曹司と結婚？　うらやましい。いいなあ。今回の披露宴に招待されているので、お会いできるのを楽しみにしてたんです。あー、残念」

心底悔しがる飯島に、彩実は苦笑した。

「たしかに忍君はかっこいいだけでなく、人間的にも立派で、才能もある素敵な人なんですよ」

忍の家具への強い愛情と、次期社長として小関家具を発展させるために努力する姿を見てきた彩実は、しみじみとつぶやいた。

「この記事にも書いてありますけど、技術向上のためにコンクールにも積極的に参加していますし、伝統技術を次世代に継承する世界規模のプロジェクトの一員として海外に行く機会も増えて忙しいんです。今後の小関家具の発展のためには欠かせない職人でもあります」

すらすらと淀みなく話す彩実に、飯島は大好きなアイドルの裏情報を手に入れたように目をきらきらさせ、こくこくうなずいている。

「それほど小関家具のファンだったら、今度機会があれば、紹介しますね」

「え、いいんですか？　うれしいです。家具のことをいろいろと聞いてみたいです」

飛び上がり喜ぶ飯島と彩実を、諒太は相変わらず覚めた目で見ている。

ホテルの従業員である飯島までもが、忍に興味を持っているのが気に入らないのだ。

諒太の背後に控えている三橋も、記事を見てはしゃぐふたりにいら立つ視線を投げかける。

「飯島さん、今はそれどころじゃないし小関家具なんてどうでもいいの。それよりも副社長の結婚のことが明るみに出てしまって、大変なのよ」

「あ、そうですか……すみません」

悪びれず肩をすくめる飯島に、三橋は顔をしかめて睨みつける。

「それにしても、記事の内容が忍君に好意的なものばかりでよかった。私の結婚のことより、忍君が悪く書かれていたらまずいと思って、必死で読んでしまって……」

彩実は三橋や飯島の神経質なやり取りにはかまわず、ホッとしたようにつぶやいた。

すると、諒太がつかつかと歩み寄り、飯島の手からタブレットを取り上げた。

彩実は驚いて視線を上げた。

「小関家具はどうでもいいんだ。問題は、今、桜子《さくらこ》が……三橋が言ったように俺たちの結婚が役員会での報告を待たずに公になったってことだ。うちは頭の固い年配の役員も多いから、段取りを踏まずにマスコミにばれたとなると面倒なんだ。小関家具程度の会社なら、マスコミにばれてもたいした騒ぎにもならないだろうけど」

怒りが収まらないのか諒太の顔は変わらず赤く、声は高ぶっている。

「小関家具は、どうでもいい？」

諒太の言葉に、彩実は表情を硬くし低い声で反応した。

「そうだ。俺たちの結婚の件がスクープされたことが問題で、小関家具のことなどどうでもいい。今回の記事も、白石家に嫁ぐ君と同時期に、たまたまお姉さんが婚約したからついでに記事になっただけで、小関家具がとくに取り上げられたわけじゃない」

「……ついでに、ですか？」

彩実は目を細め、諒太に詰め寄った。

「なんだ？　その通りだろう。それに、小関家具の後継者との結婚の話はもともと君にきたんじゃないのか？　だけど、単なる家具職人と結婚するのは嫌だとごねて、俺と見合いした晴香さんに結婚相手を交換しろと迫ったと聞いてるぞ」

諒太は湧き上がる感情を抑えるように、低い声で問いかける。

彩実は思わず言い返しそうになるが、ぐっと怒りを抑えた。

「それって、お見合いのときに、姉から聞いたんでしょうか？」

「そうだ。妹は……君は甘やかされて育ってワガママなところもあるが、それが君の魅力でもあるからよろしく頼むと頭を下げられたよ。いいお姉さんだな」

終始晴香の肩を持つ諒太に、彩実は硬い表情を崩さずうなずく。

「それで？」

彩実はくぐもった声と視線で、話を進めるように促した。

諒太はいら立ちを隠さず話を続けた。

「晴香さんとお兄さんの咲也君の実の母親は亡くなっているんだろう。だから、今のご両親は昔から君ばかりをかわいがっていて、寂しかったとも聞いたぞ」

「まあ、たしかにそうかもしれません」

あながち間違いでもないので、彩実はとりあえずうなずいたが、晴香が寂しかったというのは諒太に同情してもらうための嘘だろうと判断する。

「おまけに君は、これまでにも晴香さんの恋人を奪ったことがあるらしいな。それは、事実なのか？」

その言葉に、彩実の体が小さく揺れた。

「……図星か。だったら話が早い。晴香さんが結婚を考えるほど愛していた恋人を誘惑して奪い取ったそうだな。ふたりが抱き合っているところを目撃した晴香さんの気持ちを考えたことがあるか？　あまりにもそのショックが大きくて、それ以来離れに引きこもっているんだろう。どれだけ君は身勝手なんだ？」

よほどそのことが気に入らないのだろう、言い終えた後、諒太の呼吸は少し乱れていた。

彩実はこみ上げる思いをこらえるように天井を見上げ、ため息をついた。

「たしかに、姉には恋人がいました。姉より五歳年上のフランス語の家庭教師でした。そして、私のせいで姉がその家庭教師と別れたのも事実です」

「……やっぱりそうか」

「はい。ですが、だからといって、私が彼を奪ったというのは間違いです」

抑揚のない声で話す彩実に、諒太はさらに眉をひそめた。

「奪っていない？　だったら男が勝手に晴香さんを捨てて、魅力的な自分を選んだだけだと言いたいのか？　それほどの自信があるくらい、男に人気があるんだな。だったら、今までどれだけの男と付き合ってきたんだ。よっぽど楽しい思いをしてきたんだろう。……もしかしたら、その小関家具の御曹司ともこれまでに、なにか特別な関係でもあったのか？　いや、べつに俺は君に興味もないから、そんなことは言わなくていい」

「副社長、言いすぎです」

彩実をとことん貶める諒太の言葉に、飯島は冷静な口調で声をかけた。

今まで小関家具のファンだと言ってはしゃいでいたのが嘘のように冷ややかで、彩実はそのギャップに目を丸くし彼女を見つめた。

諒太からのさんざんな言われように傷ついた彩実に同情し、上司、それも副社長に意見するのは、勇気がいることだろう。

彩実はこの部屋で唯一の自分の味方に違いない飯島に、心の中で感謝した。こうなったら絶対に、小関家具の工場や直営店舗に案内しようと決意する。

「飯島さん、かばってくれてありがとう。でも、無理はしないで――」

「言いすぎです。小関家具がたいしたことのない会社だなんて本当に言いすぎだし、なにもわかってません」

「……え、そこ？」

彩実を押しのけ諒太との間に立った飯島の言葉に、彩実は再び目を丸くする。

諒太に言いすぎだとたしなめたのは、彩実への暴言ではなく小関家具を見下した言葉に対してだった。

「副社長はその記事をしっかりとお読みになりましたか？　もちろん記事の大部分は

白石ホテル後継者の婚約についてでしたけど、小関忍さんについてはかなり好意的な内容でした」

彩実は飯島の指摘にこくこくとうなずいた。

たしかにそうだった。

忍のこれまでの実績や家具職人としてあらゆる方面から期待されていること、そして彼が生み出す作品の素晴らしさが記事の中にあふれていた。

「いや、小関家具の記事などしっかりと読む必要はないし、俺には関係ない」

飯島の問いに、諒太は彩実を責め立てたときとは打って変わって、落ち着いた態度で答えた。

「だったら、詳しく知らない忍さんや小関家具を侮辱しないでください。私は彩実さんのお姉様がとーってもうらやましいです。あの小関家具を盛り立てている小関忍さんと結婚できるなんて、本当に幸せな方です」

飯島は夢見るようにそう言って振り返ると、彩実に「ですよね」と同意を求めた。

「あ、はい。私も、忍君と結婚する人は、絶対に幸せになれると思います」

飯島に促され、思わず本気でそう答えた彩実を、諒太がじろりと睨む。

「だが、どれだけ腕のいい職人だとしても、それに、小関家具が知る人ぞ知る有名なブランドだとしても、彼自身はまだ駆け出しの職人だろう？　如月ハウスの甘やかされて育ったお嬢様には経済的に物足りないよな。それをわかっていて晴香さんに押しつけた君が、素敵な人だと言っても説得力なんてない。お嬢様の思いつきや気まぐれで家族を振り回すな」

「副社長……」

諒太が悪態をつく様子に飯島はあきれ、どうしようもないと肩を落とした。

彩実もあきれていたが、それ以上に忍を悪く言われたことに腹が立ち、どうにも我慢ができない。

彩実をどれだけ見下して非難しようが、我慢できる。

今日だって、見当違いのことで責められても、ぐっとこらえてきた。

これからも、自分自身のことならなにを言われても我慢する自信はあるが、忍を悪く言われて黙っていることなどできない。

彩実は飯島を押しのけ、諒太の前に立った。

そして、一度深呼吸をして気合を入れると、まっすぐ諒太を見た。

「家具職人のどこが悪いんでしょうか？　忍君は将来を期待されている才能ある職人です。年内には結果が発表されますが、世界的な家具デザインのコンクールではきっと結果を出すはずです。それに、見た目がいいだけではなく愛情深い素敵な男性で、私は大好きです」

諒太から視線を逸らさず、彩実は口早に話し続ける。

大好きですと強調して言ったとき、諒太はぐっと黙り込み顔をしかめた。

「私の如月家での立場を理解して気にかけてくれるし、とにかく信頼できます。小関家具だって、知る人ぞ知るなんてレベルではなく、世界的に名前が知られた一流ブランドです。テレビCMなど、メディアに広告を打ったりしないから地味なイメージを持っているのかもしれませんが、私からすれば白石ホテルよりもよっぽど将来性のある優良企業です。だから、忍君や小関家具をバカにしないでください」

次第に声高になる彩実を、飯島と、すっかり存在感を失っている三橋が呆然と見つめている。

彩実が身に着けているのはかわいらしいミニ丈のカラードレスだ。

淡いパープルが彩実の優しげな雰囲気を強調し、まるで妖精のように見えるのだが、妖精の口から飛び出すのは諒太に厳しい言葉ばかり。

この場にいる彩実以外の誰もが驚き、口をはさむこともできない。

「それに……」

彩実の言葉はまだ続くようで、諒太の表情がこわばった。

「それに、もしも姉が忍君と本当に結婚するのなら、私も姉が心底うらやましい。世界的なホテルの後継者様と結婚するより幸せになれそうだし。だから、政略結婚しなければならない相手が忍君なら、姉に譲るようなことはしません。でも……もしもさっきの記事の内容が真実で姉が本当に忍君と結婚するのなら、それはそれでうれしいです。だって、姉に幸せになってほしいと本当に思ってるから」

彩実はようやく言いたいことを言えてホッとしたのか、張りつめていた気持ちが緩んだ気がした。

これで忍や小関家具を軽く考えている諒太も、少しは認識を改めてくれるだろう。

彩実は体から力が抜けるのを感じつつ、この件は家に帰ってから両親に確認しようと気持ちを切り替えた。

ひとまず早く着替えなければと、飯島を振り返った。

すると、諒太が「おい」と彩実の腕を掴んだ。

「い、痛いっ」

彩実が痛がるのもおかまいなしに、諒太は彩実をぐっと引き寄せた。

サイズが合わないだけでなく、慣れないハイヒールに苦労している彩実は抵抗できず、諒太の胸に飛び込んだ。

「あの、離して」

諒太の胸を叩いて距離を取ろうとしても、諒太はそれを許さない。彩実の腕を掴んでいた手を彼女の背中に回し、動きを制した。

「飯島、ここはもういいぞ。遅くまで悪かったな」

諒太はそう言って口もとを緩めるが、目は冷ややかで笑っていない。

そして、さっさと部屋を出ろとばかりに視線でドアを指し示す。

「わかりました。副社長もお疲れさまでした」

飯島はため息交じりにそう言って頭を下げた後、彩実に向きなおった。

「衣装のお直しを急ぎますので、後日早めにいらしてくださるとありがたいです。それと、お着替えのお手伝いにまた戻ってきますので、遠慮なく声をかけてくださいね」

飯島は、諒太の体に押しつけられたままの彩実を気遣うように目尻を下げた。

「あ……はい。わかりました。ありがとうございます。……でも」

彩実は飯島を安心させるようににっこり笑うが、本当にこのまま諒太と結婚していいものかわからず、口ごもった。

諒太はその思いを見抜いたのか眉をひそめ「後で飯島から連絡させるから数日中に

来い」と命じた。

「飯島さん、お疲れさま。披露宴までのスケジュールの打ち合わせが今週末にあるから参加してくださいね」

それまで少し離れた場所で彩実と諒太のやり取りを見ていた三橋が、飯島に声をかけた。

彼女の存在をすっかり忘れていた彩実は、諒太の体越しに彼女に視線を向けた。

彩実を気にかけながら部屋を出ていく飯島を見送った後、三橋はつかつかと諒太の傍らにやって来た。

「諒太、いえ副社長、記事が出てしまったので、早めにマスコミに発表するべきだと思います」

「ああ、そうだな。だけど、役員たちへの事情説明が先だ。発表については広報とも話し合う必要があるが、まあ、しておくべきだろうな」

彩実への覚めた表情から一変し、三橋に優しく話しかける諒太の声に、彩実はうつむいた。

「社長は、記者会見をするならスーツを新調して今日中に散髪しにいくと張りきっていて、のんきすぎますし。本当、誰がリークしたのかわかりませんが、こちらにも段取りがあるのに迷惑ですよね」

あからさまに不機嫌な表情でそう言った三橋は、諒太の体に身を隠している彩実をちらりと見る。

彩実は三橋がわざと大きな声で諒太を名前で呼び捨てにしたように感じ、唇を引き結んだ。

三橋が諒太に好意を持っているのはあきらかだ。

突然記事が出て慌てるのも仕方がないが、披露宴の衣装を決めている最中にわざわざ伝えることもないだろうと、ムッとする。

「ここはもういいんですよね？　だったら記者発表について打ち合わせをしましょう」

三橋は諒太の腕に手を置き、綺麗な笑顔で諒太を見上げた。

「わかった。俺はもう少しここで話をするから、後で部屋に来てくれ」

「え、だけど、衣装合わせは終わったんですよね。だったらもういいじゃないですか。どうせ結婚式も披露宴も新婦様の意見なんて反映されないんですから、当日来てくれればそれで十分間に合いますし」

彩実に言い聞かせるような言葉に、彩実は眉をひそめた。

彩実は、この結婚が如月家と白石家のためのものであり、自分たちのためだけの結婚ではないとわかっているが、意見が反映されないと言われ、ショックは隠せない。

それと同時に、白石家の人間ならまだしもホテルの従業員である彼女のそんな発言を許している諒太にも腹が立った。

顔をゆがめて諒太を見上げると、一瞬冷たいまなざしと目が合った。

「とにかく後でゆっくり話そう。悪いが今はふたりにしてくれ」

彩実に視線を向けたまま、諒太は三橋に告げた。

「……わかりました。だったら後で副社長室に伺います」

三橋は納得いかない気持ちを隠そうともせず、荒々しく部屋を出ていった。

「さて。ようやくふたりになれたな」

諒太はもったいぶった口調で彩実に向きなおった。

「え……」

ふたりきりになった途端、抑えが利かないのか、打って変わった攻撃的な声に、彩実は体を小さくした
「どうして俺との結婚を承諾したんだ？　世界的なホテルの後継者よりあの家具職人と結婚したほうが幸せになれるんだろう？　嫌なら最初から断れよ」

彩実の体をぐっと引き寄せ、キスでもしそうな距離で責める。

まつ毛の震えや口角の微妙な動きさえ目に入るほど近くに諒太の顔が迫り、彩実はめいっぱい体を逸らした。

けれど、気づけば諒太の空いている手は彩実の腰に回されていて、思うように距離を取れない。諒太の手の熱さに体は大きく反応し、おまけに早鐘のように打ち続ける鼓動の音が次第に大きくなり、彩実はどうしていいのかわからず混乱する。

「あ、あの……」

なにか言わなければと彩実は口を開くが、どう答えるのが正解なのかわからず再び口を閉じた。

すると諒太の眉間のしわがいっそう深まり、彩実は困り果てる。

小関家具の商品をモデルハウスに採用するために見合いをし、結婚を承諾したのだと正直に言えば、さらに怒りを爆発させそうで、言えるわけもなく。かといって、なにも言わずにこの場をしのげるほど、諒太の怒りは小さくなさそうだ。

小関家具をけなされて怒った彩実のように、諒太も白石ホテルが軽くあしらわれるように言われて傷ついたに違いない。

国内屈指の高級ホテルの経営がどれほど大変なのか、彩実には想像することもできない。けれど、如月ハウスの後継者である兄、咲也の苦労を間近で見てきたこともあり、諒太の努力や苦労がわかるような気がした。

きっと諒太も咲也と同じようにプレッシャーを感じ、そして白石ホテルを誇りに思っているのだろう。

彩実は自分の軽はずみな発言を後悔した。

晴香が諒太に嘘八百を並べ立てて同情を買っていたことへの怒りも加わって、冷静ではなかったと、肩を落とす。

「ごめんなさい。私こそ言いすぎました。白石ホテルのことを悪く言うつもりも、諒太さんを忍君と比べるつもりもなかったんですけど、つい」

彩実はそっと諒太と距離を取り、丁寧に頭を下げた。

相変わらず手は掴まれたままで、腰に置かれた手が動く気配もないが、諒太も落ち着いたのか、表情から鋭い怒気は消えつつある。

「……わかった。俺はべつに小関の御曹司と比べられたつもりはないから誤解するな」

「あ、はい。それはわかってます」

比べたくても諒太のことはなにも知らないのだ、比べられるわけがない。

「で、俺との結婚を受け入れた理由はなんなんだ？　晴香さんとの見合いのときに用意されていた調査書を最近確認したが、如月ハウスの経営状況になんの問題もなかった。だから、嫌がる孫に会長が政略結婚を強いる必要はないと思うんだが。まさか表に出ていない負債でも抱えているのか？」

「い、いえ、それは違います。会社の先行きを心配しての政略結婚ではありません」

彩実が決算資料を見る限り、健全な経営体質を維持していた。

「だったらどうして君は結婚をＯＫしたんだ？　如月の会長がこの結婚を望んだのは、如月ハウスがここ数年力を入れているリゾート開発事業の強化のために白石ホテルと手を組みたいからだと聞いているし、こちらも如月家が持つ政界とのつながりが欲しい。メリットがあるのはお互いさまだ。政略結婚なんてしなくても、協力し合えるだろう？」

「……それは、そうなんですけど」

諒太の察しのよさに、彩実は動揺した。

たしかに、政略結婚などしなくとも、ビジネス上の取り引きで両家のつながりを深めることは可能だ。賢一もそれはよくわかっているはずだ。

それに、実は彩実も、政略結婚することなくモデルハウスに小関家具の商品を導入する手段を持っているのだ。

それは、彩実が小関家具の件を賢一に直接交渉する前から考えていた秘策で、できればその方法は使いたくないと、彩実は考えていた。

如月ハウスが手がけているリゾート施設の中には、規模では負けているが白石ホテルをしのぐほどの人気を得ている高級ホテルがいくつかある。

設備や内装、調度品、そして従業員の質などどれもが世界的なホテルランキングで上位に食い込むほどの高級ホテルだ。

その高級ホテルには、宿泊客だけが利用できる星を獲得しているレストランが入っていて、料理のおいしさとワインの品ぞろえのよさが有名だ。

それらのレストランで扱うワインの多くは彩実の親戚たちが経営しているワイナリーが醸造したもので、そこでしか飲めない極上の限定ワインも含まれている。

もしも賢一が小関家具の使用を反対するなら、フランスの親戚にお願いし、限定ワインの出荷をストップしてもらおうと考えていた。

ホテル事業のため、無理を言って特別に出荷してもらっていたワインばかりなので、それをやめてもワイナリーが困ることはないはず。

外国で暮らす麻実子や彩実を心配し猫かわいがりする親戚たちのことだ、彩実のお願いならすぐに承知しその日のうちに出荷を取りやめ、今後の契約も破棄するだろう。

そうなれば、限定ワインを売りにしていたレストランの人気は落ち、ワインを飲みたいがために宿泊する客が減るのは目に見えている。

ただ、フランスの親戚たちを巻き込み、ホテルの経営にも影響が出るのはあきらかで、そしてなにより、限定ワインを味わうのを楽しみにホテルに宿泊する客たちに申し訳なく、できればそんな駆け引きはしたくなかった。

だから、〝見合い〟という条件を出されたとはいえ、賢一が小関家具の採用を認めたとき、彩実はホッとし、心底うれしかった。

如月ハウスが経営している高級ホテルは、ホテルとしての歴史は浅く格はまだまだ不十分だ。

だからこそ白石ホテルという老舗高級ホテルとの関係を深めて箔をつけたいというのが賢一の希望というより野望だ。

亡き娘の婿であった直也を、フランスの有名ワイナリーを親戚に持つ姪の麻実子と再婚させたのも、近い将来に計画している、リゾート業のフランス進出を成功させるための足がかりにしたかったからだ。

ただ、如月ハウスを大きくするためには手段を選ばない賢一から、諒太との見合いを命じられたときの彩実の驚きは相当なものだった。晴香ならまだしも、まさか自分が賢一の野望に巻き込まれるとは思っていなかったのだ。

第一、彩実は自分と白石諒太との縁が再びつながるなど、考えたこともなかった。

国内屈指の高級ホテルの御曹司として世間に知られている彼は遠い世界の人であり、その見た目のよさからも、彩実には手が届かない男性だと思っていたからだ。

ふたりの間に接点が生まれることなど、二度とないとあきらめていた彩実にとって、賢一から言い渡された見合いの話は、まるで奇跡のようだった。

「おい、答えろ。どうして俺との結婚をOKしたんだ？」

諒太の焦れた声が響き、彩実はハッと顔を上げた。

せっかく機嫌がよくなりつつあった諒太が再びいら立っていて、彩実は慌てて口を開いた。

「あの、両家が姻戚関係を結ばなくても業務提携あたりで協力し合えると思うんですけど、祖父は確実な保証というか、簡単には解消できない関係が欲しくて姉か私を諒太さんと結婚させようと考えたんだと思います。だからお見合いをして結婚しなければ、モデルハウスに小関家具の商品を使わせないと言って……。そして、私はどうしても忍君が作った家具を使いたくて、この話を受けたんです」

彩実はたどたどしい口調で答えた。

決して嘘ではない。けれど、彩実が諒太との結婚を受け入れた一番の理由は、実は別にある。彩実はどうしてもそれを言えなかった。

「……また、小関家具か。よっぽどその御曹司を気に入ってるようだな」

諒太の乾いた声に、彩実はどきりとした。

「君はお姉さんが小関の御曹司と結婚できるのがうらやましいと言ったな」

「はい……。でもそれは、どうしても政略結婚させられるのなら、気心が知れていて尊敬できる忍君がいいってことで……」

重苦しい表情を浮かべた諒太の視線が苦しく、彩実は気持ちを落ち着かせようとそこでひと息ついた。

そして、政略結婚以外では忍と結婚したいとは思わないと続けようとしたのだが、諒太はそれを遮るように目を細めて制した。

同時に、それまで彩実の腕を掴んでいた手と腰に置いていた手を離し、すっと距離を取る。

彩実を突き放すように離れていく諒太の手を視線で追っていた彩実は、ハッと目を見開いた。

諒太のスーツの袖口からちらりと覗いた手首に、ブラックスチールのストラップの腕時計が見えたのだ。

それは白石ホテル創業五十周年の記念品として作られた腕時計だ。

限定五十本しか作られず、そのすべては白石家の人間に配られた。

それぞれに01から50までのシリアルナンバーが記されていて、ひとりにつき連番で二本の時計が渡されている。

既婚者の場合は、一本を配偶者のために。

独身者であれば、一本を将来の配偶者のために。

文字盤の色は濃紺で、シンプルな三針は深紅。

そのはっきりとしたコントラストはとても鮮やかで、おまけに製作を手がけたのは精密機器メーカーとしても有名な高級腕時計ブランド。

白石家の者しか持つことのできないその腕時計は、かなりの話題となった。

当時大学の卒業を間近に控えていた彩実も、テレビのワイドショーで連日紹介されていたその腕時計を何度か目にしていた。

「06の時計だ……」

ほんの一瞬諒太の手首から見えた腕時計に反応し、彩実は思わずつぶやいた。

腕時計を追う彩実の視線に気づいた諒太は、あからさまに顔をしかめた。

「俺よりも小関家具の後継者と結婚したいと言っておきながら、やっぱり君も白石家の人間でなければ持てないこの時計が欲しいのか？　政略結婚は嫌だとかどうせなら気心が知れた男と結婚したいと言うのは簡単だ。だけど、君は晴香さんが言っていた通り、なにもかもを欲しがる強欲な女なんだな」

「え？」

諒太のなじる声に、彩実は突然なにを言い出すのかとかぶりを振った。

「欲しがってません。姉がなにを言ったのかは知りませんが、それは違います」

諒太とのお見合いの席でいったいどれほどの嘘を晴香は言ったんだと、彩実はうんざりする。

「晴香さんが付き合っていた恋人は、一流商社勤務のエリートだったらしいな。英語とフランス語が得意で、海外勤務も近かったそうじゃないか。その日に備えて晴香さんは彼からフランス語を教わっていたらしいが」

とがめるように言われ、彩実は息をのんだ。

「如月家当主の正統な孫である晴香さんが、それほどうらやましかったのか？　それに、非の打ちどころのないその男性をどうしても自分のものにしたかったのか？」

続く諒太の言葉に、彩実は目の奥を熱くした。

どれもこれも的外れだ。

晴香が付き合っていた男は、諒太が言った通り一流商社に勤めるエリートだった。

フランス語を話せる帰国子女で、賢一の知り合いを通じて如月家に紹介された、晴香のフランス語の家庭教師だった。

その男と晴香はほどなくして付き合うようになったのだが、口が上手でいつも軽薄な笑みを浮かべているその男を、彩実は信用できなかった。

そんなある日、彩実は打ち合わせで訪ねたホテルのロビーで、その男が若い女性の肩を抱き歩いているのを見かけた。

気になって後をつけると、ふたりはキスを交わしながら客室に入っていった。

彩実は浮気だと断定し、晴香が留守にしている時間にその男を家に呼んだ。

男はなぜ呼ばれたのかを察していたようで、普段の人のよさそうな仮面をはずし、ふてぶてしい態度でやって来た。

彩実はホテルで女性と一緒にいたところを目撃したと告げ、晴香と別れるように迫った。

すると、意外にも男はふたつ返事で受け入れた。

けれど、ホッとしたのも束の間、男は突然彩実をその場に押し倒したのだ。

屋敷の奥にある書斎で話をしていたのだが、人払いをしていたこともあり、ふたりきり。

どうにか逃げようともがくが男性の力にはかなわない。

『如月家の一員になるためなら、俺はなんだってする。姉でなくお前でもいいんだ。お前のほうが若くて綺麗だしそのほうが気持ちよさそうだな。俺の子どもを孕めばもう逃げられないぞ。俺も名家如月家の一員になれるんだ。ほら、おとなしくしろよ——』

男は彩実のスカートの中に無理やり手を入れ、にやけた笑みを浮かべた。

男は彩実にキスをしようと迫ったが、必死で避ける彩実が気にくわないのか、何度か彩実の頬を叩いた。

彩実は一瞬気が遠くなったが、気力でこらえ、必死にもがいていたそのとき。

『先生が来てるって聞いたんだけど』

ノックの音とともに突然晴香が部屋に入ってきた。

友人と買い物に出かけていたのだが、その友人が体調を崩し早々に帰ってきたのだ。

晴香は、彩実に馬乗りになりブラウスを脱がせようとしている男の姿に呆然とした。

彩実は助かったと思い、ホッとしたのだが、男のほうが何枚も上手《うわて》だった。

『ずっと、彩実さんから好きだって言われていたんだ。俺も最初は晴香が好きだから断っていたんだけど、ごめん。どうしても突き放せなくて、そのうち俺も彼女に惹かれて……何度もこうして彩実さんに誘われるまま抱いていたんだ。だけど俺は、俺がいなければ生きていけないとまで言って死のうとした彩実さんを放っておけないんだ。今も俺に殺してくれとバカなことを言うから思わず頬を叩いてしまって……。ここまで俺を愛してくれる彩実さんとは離れられない。本当にごめん』

涙を流し土下座するその男の言葉を、晴香は疑うことなく信じてしまった。

それだけでなく、男が彩実に誘惑されたと信じ、その日以来離れに引きこもった。

もちろん、彩実がなにを言っても聞く耳を持たず、会おうともしなかった。

晴香の恋人だった男はそれ以来如月家に顔を出すことはないが、すべての事情を知った咲也がある程度のお金を使って男の勤務先とやり取りをし、海外勤務に就かせたそうだ。

一見栄転にも見える海外勤務だが、咲也と上層部との間で二度と日本勤務はさせないという約束を取りつけたと聞いて、彩実は無理やり男に押し倒されたという、吐き気を覚える記憶をしまい込むことにした。

とはいえ、やはり今でも男のことを考えただけで気分が悪くなり、鳥肌が立つ。

「晴香さんから奪い取ったその男性とも、結局うまくいかなかったんだろう？　そりゃそうだよな。お姉さんの恋人を誘惑して奪うような女の魅力なんてたかが知れてる。たしかに君は美しくて男性なら誰もが手に入れたくなる見た目だが。中身が最低ならそんな魅力はいずれ剥がれ落ちて、後に残るのは、頭が空っぽの意地の悪いお嬢様。捨てられるのも当然だ」

思い出したくもない過去を思い出して気分が悪い彩実に、さらに傷つく言葉が落とされた。

「ひどい……」

諒太はどこまで彩実を傷つけようとするのか。

ゆがんだ表情と冷たい口調で彩実を責め立てる諒太を前に、彩実は立ち尽くす。

諒太がここまで彩実にきつい言葉を投げつけるのは、そう信じるだけのことを晴香が言ったからに違いないが、だからといって、ここまで言われる筋合いはない。

見合いとはいえ諒太とまた会えるとわかったとき、あれほど喜びワクワクしたというのに、こんなことになるなんて。やっぱりこの話が出たときに、断っておけばよかったと、強く後悔した。

「なにも言い返さないのか？」

反論してこない彩実に、諒太は眉間にしわを寄せさらに言った。

「君のような妹が近くにいたら、晴香さんはおちおち恋人もつくれないよな。いつまた君に恋人を奪われるのかと気が気じゃなくて、結婚どころじゃないはずだ」

彩実は諒太からのとげとげしい言葉に耐えながら、自分の姿を見下ろした。

諒太が自らラックから取り出して選んだ淡いパープルのミニ丈のドレス。

それを身に着けている自分が、情けなく思えた。

それに、なんといっても長い時間をかけて試着を繰り返して選んだウエディングドレスを見ると、ずんと心が痛み、落ち込んだ。

彩実自身も気に入り、似合っていると多少の自信を持って選んだドレス。実は諒太が選び取り寄せてくれたと知って心を弾ませたが。

ほんの少しの時間で彩実の心境は一変し、肩を落としてうつむいたまま諒太とは結婚しないほうがいいのではないかと考え始めていた。

他人行儀な態度をとられたり、そっけなくあしらわれるのは我慢できても、まるで重罪を犯した犯人のように責め立てられるのは、耐えられない。

結婚は考えなおしたほうがいい。

その思いを諒太に伝えようと、彩実は顔を上げて口を開こうとした。けれどそれよりも早く、信じられないような諒太の言葉が耳に入ってきた。

「俺は、晴香さんに幸せになってほしいと思っている。彼女が小関家具の後継者との結婚を望んでいるのかはわからないが、少なくとも君が邪魔をしないよう、俺なりに力を貸すことにした」

「邪魔なんてしません。それに、忍君が姉との結婚を望んでいるのかどうかも確認しないと――」

「だったらその忍君が結婚を望んでいる相手は誰だ？　君のことだから、自分以外ありえないとか勝手に思い込んでいるかもしれないが」

諒太は彩実の言葉をぴしゃりと遮った。

彩実は晴香の敵だとかたくなに思い込んでいるようで、彩実はこれ以上なにを言っても無駄だとあきらめ、肩を落とした。

「俺は、白石ホテルの利益につながる女性と結婚しようと思っているんだ。とくに甘い夢や期待は持っていないし、恋愛感情なしの打算的な結婚で十分だ」

「打算的、ですか……」

取りつく島もない冷静すぎる諒太にびっくりし、彩実は瞬きを繰り返した。

「ああ。だから晴香さんとの結婚は前向きに考えていたんだが、会うなり君が俺と結婚したがってるからこの話は妹にと頭を下げてきた。納得できずにいろいろ聞けば、晴香さんが君に苦しめられていることや、君の嫌がらせからは逃げられないとあきらめているとわかった」

　黙って聞いていた彩実は、あの男のせいだとはいえ、あまりにもひどすぎる晴香の嘘にめまいを覚え、頭を抱えた。

　彩実がなにも言い返さないのを肯定だと受け取った諒太は、彩実に冷笑を浴びせた。

「それでもいつかは君から解放されて幸せになりたいと健気に笑っている彼女のために、俺は君と結婚することにした」

「……えっ」

　結婚すると言われたような気がしたが、それは、凍てつくような寒々しい声音とこわばった表情で口にする言葉ではないはずだ。

　彩実は聞き間違いだろうと思い、続く言葉を待った。

「小関の御曹司と結婚できなくて残念だったな。だけど心配するな。白石ホテルの社長夫人も悪くないと思うぞ」

「……なんなの、いったい」

　執拗に繰り返される暴言に彩実は疲れ果てた。

　ここまで彩実を痛烈に非難し、とことん追いつめるような言葉を並べ立てておきながら、平然と結婚すると口にする諒太に、彩実の中にむらむらと怒りが湧いてくる。

晴香の嘘に簡単に騙されているのにも腹が立ってきた。

彩実はたまりにたまったいら立ちに任せ、諒太をきっと睨みつけた。

「結婚なんて……あなたと結婚なんてするわけがない……んっ」

彩実が強い口調で諒太との結婚を否定した途端、諒太は彩実の体を抱き寄せ、その言葉を封じるように、唇を重ねた。

「う……っん」

突然抱きしめられ、抗う間もなく重なった唇に、彩実は目を見開いた。

同じように彩実を見つめ返す諒太の瞳に熱がこもるのを感じ、彩実の体も次第に熱くなる。

「やっ……」

顔を引いて諒太から逃げようとするが、諒太の手が彩実の後頭部を抑え、引き戻される。

「口を開いて」

いら立つ諒太の声に彩実の体は条件反射のように従い、言われるがまま口を開いた。

角度を変えながら何度も繰り返されるキスが、次第に熱を帯び、深いものに変わっていく。

気づけば何度も舌が絡み合い、ふたりの荒い呼吸が部屋に響いている。

彩実の体の奥底から熱いものがこみ上げ、足もともおぼつかない。

諒太は初めてのキスに混乱する彩実の手を掴むと、そのまま自分の肩に置いた。

彩実は不安定な体を支えるように諒太の肩を両手で掴んだ。

その間も諒太のキスは続き、彩実は初めて知る感覚に酔いしれる。

胸が高鳴り、体の中心が疼き、腰から崩れ落ちそうで、心もとない。

それでいてまだこの高ぶる熱を味わっていたいという不思議な感覚。

「彩実……」

唇の角度を変える合間に名前を呼ぶ諒太をずるいと思いながら、彩実もぎこちなくキスに応える。

肩から腕があらわになっているドレスは諒太の体温をじかに感じるには十分で、恋愛経験ゼロの彩実には刺激が強すぎる。

背中をなでる動きに敏感に反応し、そのたび甘い声が口から漏れる。

その声は諒太の舌の動きをさらに激しくし、彩実はいよいよ諒太にしがみついた。

すると、諒太はくくっと笑い、彩実の顔を覗き込んだ。

満足気な笑みを浮かべたその表情は色っぽく、彩実は目が離せない。

諒太のやわらかな唇や、彼の舌の感触が気持ちよかったことに戸惑いながら、こんなときどんな顔をするのが正解なのだろうかと、ぼんやり考えていた。すると、諒太が再び顔を近づけ、ゆったりとした動作で彩実の唇を吸い始める。

「は……っん」

思わず漏れた声に、彩実はかっと顔が熱くなるのを感じた。

緩慢な仕草で何度か彩実の唇を刺激した諒太は、自分の体にしがみつき、視線が定まらずぼーっとしている彩実を一瞥した。

そして。

「結婚するかしないかは、俺が決める。いいな」

威圧的な口調で言い放つと、すっと彩実から離れた。

「うちの車で送らせるから、さっさと着替えて帰れ」

体中にくすぶる熱を持てあます彩実を部屋に残し、諒太は平然とした足取りで部屋を出ていった。

「な、なんなの」

体から力が抜けた彩実はへなへなとその場に崩れ落ち、座り込んだ。

体は熱くてたまらないが、心は氷に覆われたように冷たい。

「どうしよう……」

諒太とのキスを思い返すように唇に手をあて、困り果てる。

それからしばらくして飯島が部屋に現れるまで、彩実はなにも考えることができずじっと体を丸めていた。


諒太が言った通り、着替えを終えた彩実を白石家の車と運転手が待っていた。

普段なら電車で家まで帰るのだが、長時間に及んだ衣装合わせで心身ともにくたくたで、ありがたく送ってもらうことにした。

国産の高級車として知られる車の乗り心地は快適で、後部座席に体を沈めた途端眠気に襲われたが、ふと爽やかなシトラス系の香りを感じハッと目が覚めた。

「この香り……」

「あ、申し訳ございません、日中、副社長をお乗せしましたので、香りが残っていたのかもしれません。窓を開けましょうか」

運転席から振り返った専属の運転手、今江《いまえ》が申し訳なさそうに頭を下げる。

ホテルの玄関で待っていた今江をひと目見たときから、その優しそうな立ち姿に彩実は安心したのだが、第一印象通りの温厚な口ぶりに、自然と笑みが浮かんだ。

「大丈夫です。とてもいい香りですね」

彩実の言葉に今江はホッとしたようにうなずき、車を発進させた。

「この香りは副社長お気に入りの香水だそうですが、ここぞというときに身にまとってらっしゃいます。あ、ですが、お帰りになられてすぐにシャワーを浴びて着替えられたと思います。お客様と接する仕事なので、なるべく余分な香りは残さないように注意されていますから」

今江の言葉に、彩実は納得した。

衣装合わせで会ったとき、諒太からはなんの香りもしなかったのだ。

「ここぞっていうとき……。ということは、日中出かけられたのも大切な用事だったということですね」

後部座席から次第に遠ざかる白石ホテルを見ながら何気なくつぶやいた彩実に、今江は無言のまま、やわらかな表情を崩さない。

「あ、すみません。副社長のスケジュールは簡単に話せないですよね」

簡単に社長や副社長のスケジュールを公にできないことを、彩実もよく知っている。

上層部の動きや発言によって世間からの評判や株価に影響が出るのはもちろん、本人の警護の面からも、一定の情報管理は大切なのだ。

「……あんなに冷たい人が、副社長なんだ」

唇に手をあて、彩実はぼんやりとつぶやいた。

諒太は未確認の事実をまるで真実のように思い込み、彩実を責め立てた。

どこまでも晴香の肩を持ち、彩実を徹底的に非難したかと思えばいきなりキスをしてきた。

それに、彩実が結婚したくないと言い出せば、露骨に嫌な顔をしていた。

彩実には諒太がなにを考えているのか、まったくわからない。

あの腕時計を目にした途端、三年前にほんの少し言葉を交わしたときの諒太を思い出して心が揺れた。けれど、ときめいたのも束の間、白石家に嫁ぎたいのだろうと軽蔑したような目を向けられた。

やはり思い出は思い出のまま、そっと胸にしまっておいたほうがよかったと、彩実はため息をついた。

彩実は初めて諒太に会ったときからずっと、彼に特別な思いを抱いていたのだ。それだけに、見合いの日以来続く諒太からの攻撃的な態度にいっそう落ち込み、あのときの諒太は別人だったのではないかと思わずにはいられない。

思い返せば、初めて諒太と会ったあの日の彩実は体調が悪く、もうろうとしていた。前日から熱を出し、やっとの思いで白石ホテルで開かれる大学の謝恩会に出席していたのだ。

体調が優れない中で無理をして乾杯のシャンパンを飲み、苦手で普段からあまり口にしないカルパッチョを勧められるまま食べたせいで一気に体調が悪化してしまった。

宴会場の外でしゃがみ込んだ彩実を、たまたま通りかかった諒太が客室に運び休ませてくれた。曖昧だが、そこはスイートルームのような部屋だったと記憶している。

そしてホテルに常駐している医師を呼び、診察まで受けさせてくれたのだ。

意識がはっきりしない彩実を心配し、何度も優しく声をかけてくれた。

あのときの諒太は、体調がとことん悪かった私がつくり出した幻かもしれない。

彩実はそう思うことで、諒太の冷たい態度にもなんとか納得していたのだが――。

車内に残されているシトラスの香りはまさに、あの日諒太がまとっていたのと同じ香りだ。

その香りに触れた途端、彩実を心配し優しい言葉をかけてくれた諒太を思い出してしまった。

『なにも心配することはないですよ。常駐している医師を寄こしますので、ゆっくりしていてください』

温かい言葉をかけてくれた諒太はまるで王子様のようで、初恋もまだだった彩実の心を大きく震わせ、ときめかせた。

もうろうとする意識の中、名札に書かれていた白石という名前を脳裏に焼きつけ、体調が回復した後タブレットで検索した。

そして画面に現れたのが、白石ホテルの後継者、白石諒太だった。

いずれ国内屈指の高級ホテルグループを率いる立場にいる、若き御曹司。

まさに王子様だ。

彩実は凛々しい表情を浮かべる諒太を画面越しに見つめながら、自分とは縁のない人だと落ち込んだ。

その日以来、もちろん諒太との接点などなく、彩実も仕事を始めてすっかり忘れていたというのに、突然見合いをするようにと命じられたのだ。

いずれ誰かと政略結婚させられるかもしれないと以前から察していたが、もしもそうなればフランスに逃げ出そうと覚悟を決めていた。

決して会社のために自分を犠牲にするような政略結婚などしないと、固く誓っていたのに……。賢一から言い渡された見合いの相手はまさしく王子様。彩実がただひとり心を揺らした男性、白石諒太だったのだ。

口では賢一に無理強いされ、モデルハウスに小関家具を採用してもらうためだと言いながら、実は、彩実自身も前向きに受け入れた見合いだった。

「その判断は大間違いだったけど……」

諒太が吐き捨てるように口にした彩実への雑言を思い返し、目の奥が熱くなるのを感じるが、慌てて目を閉じ、ぐっと我慢した。

やっぱり、フランスに逃げよう。あれだけ諒太に嫌われているのだ、結婚してもうまくいくわけがない。とにかくモデルハウスの仕事を完結させて、とっとと逃げてしまおう。

目尻にあふれた涙を手で拭いながら、彩実はそう決心する。

「あ……」

強く目尻をこすったせいで、コンタクトレンズが涙と一緒にはずれてしまった。

「どうされました？　車を止めましょうか？」

思わず出た彩実の声に気づいた今江が、バックミラー越しに彩実に声をかけた。

「いえ、大丈夫です。ちょっとコンタクトがずれただけです。慣れてるので平気です」

彩実は明るく答えながら、慣れた手つきで両目からコンタクトを取り出し、瞳にあふれる涙をそっと拭った。

「ご自宅まであと十分ほどですが、目の具合は大丈夫ですか？　やはりレンズを取り出されたときに痛めたのでしょうか」

涙を拭う彩実に気づいた今江が心配そうに問いかけるが、彩実は首を横に振り、大丈夫だと答えた。

涙がこぼれるのはコンタクトのせいじゃない。諒太に傷つけられた心が悲鳴をあげているからだ。

それだけでなく、そんな諒太から逃げ出そうと思いながらも、シトラスの香りが諒太の優しい表情を思い出させ、彩実の決心を鈍らせているからだ。

あれだけ侮辱されたというのに、心のどこかで諒太を信じている自分が手に負えず、涙があふれているのだ。

「長い時間コンタクトを使って目が疲れているだけです。だから大丈夫です」

彩実はこれ以上今江が心配しないようそう言って、明るく笑った。

自宅に戻った彩実は、自室のチェストの奥にしまっていた一本の腕時計を取り出した。

時々取り出しては丁寧に磨いて大切にしている彼女の宝物だ。

ブラックスチールのストラップに、濃紺の文字盤と深紅の三針。

文字盤の裏側にはシリアルナンバーが刻まれている。

「05……」

05という文字を、彩実はそっと指先でなでた。

今日諒太が身に着けていたものと対になっている腕時計を、彩実はじっと見つめた。

彩実が体調を崩したあのとき、医師が彩実の腕時計をはずし、サイドテーブルに置こうとして誤って落としてしまった。

運悪くフローリングの上に勢いよく落ち、時計は壊れてしまった。

『代わりにこれを持って帰るといい』

そのとき、諒太は自分の手からはずした腕時計を躊躇なく彩実にくれたのだ。

その時計が世間で騒がれていた腕時計だと気づいたのは、それからかなり後のことで、その価値に彩実が慌てたのは言うまでもない。

けれど、簡単に会える相手ではないのも事実。

今さら返すことはできない……。

実際はその気になれば、三年前のあの当時でも容易に返せたのだが、彩実にはそれができなかった。

初恋の思い出にと、ひっそり隠し、時々取り出しては癒されていた。

「結婚……どうしよう」

再び腕時計をチェストに戻しながら、彩実は深いため息をついた。

# 第三章　寂しいだけの結婚

その後も諒太とこのまま結婚していいものかどうか、彩実は結論を出せずにいた。

三年前に彩実を助けてくれた諒太の優しさと、そのときから胸に秘めていた恋心を忘れられないことが、彩実を悩ませる一番の理由だ。

諒太はまさに初恋の男性で、彩実にとってはこれから何度恋を経験するとしても忘れることなどできないだろう相手。ただ一方で、互いに理解し合うのは難しそうな相手だともいえる。けれど会社のことを考えれば、自ら婚約破棄を申し入れるのは彼女にとっては荷が重く、うまく進める方法も思いつかない。

それに加え、そんな彩実の揺れる感情などおかまいなしに結婚式に向けてびっしりとスケジュールが詰め込まれ、ただでさえ展示場のオープンを前に忙しい毎日を送る彩実には、じっくりと自分の気持ちに向き合う時間も余裕もない。

結局、彩実は結婚式に向けて周囲が整えた段取りに従い、気持ちを盛り上げる努力を続けている。

とはいえ、結婚式や披露宴に関しては白石家と如月家の意向が最優先され、彩実がほのかに描いていた結婚への夢や憧れが反映されたものはほぼなかった。

企業間の結びつきを強めるための政略結婚という確固たる前提によって、彩実には意見を求められる機会すらなかったのだ。

自分が関知しないところですべてが決まり、形式的な報告だけが届くというのは虚しい。

彩実よりも忙しい諒太と会う時間も限られ、ふたりの間の距離が縮まることはもちろん、晴香に関する誤解を解くこともできないままだ。

白石家の嫁として当然だとばかりにお色直しは六回と決められ、ドレスごとに変えるヘアメイクやジュエリーなどの打ち合わせにはかなりの時間を要した。

ただ、打ち合わせにはたとえ五分という短時間でも仕事の合間を縫って諒太が同席し、口を開けば『俺の隣に並んでも見劣りしないよう、美しく』と繰り返していた。

仕立てなおしが終わったドレスを身に着け、本番通りにヘアメイクを施した彩実を見つめる諒太の目は真剣だった。

大企業の社長令嬢として育った彩実には、これまでにも両親とともにパーティーなどに出席する機会があり、華やかなドレスを身に着けての所作はとても綺麗で文句のつけようもない。見た目の美しさと相まって、諒太を納得させることができた。

少しは諒太に認められたかもしれないと喜んだのも束の間、諒太はいつものように彩実を厳しい表情で見つめ、傷つけた。

『それだけ完ぺきなら、披露宴で何人もの男から声をかけられるんじゃないか？　たとえば将来有望な家具職人とか……』

意地悪な諒太の言葉に泣きそうになり、そう思われ続けるくらいなら、やはり結婚はやめたほうがいいのだろうかと悩むが、結局なにも言い出せない。

彩実を傷つける言葉はそれだけではなく。

『白石家に嫁いだらもう、その見た目を使って晴香さんの恋人を奪うような真似はするなよ。というより、俺以外の男が君のせいで傷つけられるのはかわいそうだ。たとえ物足りなくても白石家の社長夫人で我慢しろ』

どこまで彩実を誤解し傷つければ満足するのだろうかと、胸が痛くなるような言葉を何度か投げつけられた。

とげだらけの言葉をぶつけられるたび、彩実はだったらどうしてあの日諒太はキスなんてしたのだろうと、悩む。そして、思い出した瞬間どぎまぎし、それ以外のことが考えられなくなってしまうという、悪循環。

諒太の罵詈雑言《ばりぞうごん》に傷つき落ち込んで逃げ出したくなっても、熱いキスを思い出してそれどころではなくなるのだ。

そのたび諒太に対して強くなれない自分を身に染みて感じ、彩実は落ち込んでいる。

そんな関係が続く中、彩実は諒太のパートナーとして社交の場に顔を出すこともある。

マリュス家を通じて海外の要人に知り合いが多い彩実は、何カ国語もの言葉が飛び交うパーティーでも、物おじすることなく諒太のパートナーとして積極的に動く。

諒太が用意した露出の少ないミモレ丈のワンピース姿の彩実は、そのスタイルのよさと美しい容姿で会場でも目立ち、男性からも何度か声をかけられた。

そんなときにも彼らをひと睨みするだけで排除する諒太の姿は、パーティーでも注目を浴び、仲のいいふたりだと話題になった。

彩実はパーティーに三度出席したが、諒太は絶えず彩実をそばに置き、婚約者として周囲に紹介して回った。

その様子はどう見ても結婚することを喜んでいるようで、政略結婚の影などかけらも見えない。まさか彩実を厳しい言葉で傷つけているなど想像もできないほどだ。

そして、帰りの車の中で、諒太は決まって彩実を抱き寄せキスを重ねる。初めてのキスですら、いまだその理由がわからず心は揺れ続けているというのに、戸惑うばかりだ。

パーティーの間中、諒太が彩実の体のどこかに触れているせいで、帰る頃には彩実の体は熱を帯び、軽く触れられるだけで反応するほど敏感になっている。

それを知ってか知らずか、諒太は運転席と後部座席との間に仕切りとなる防音のくもりガラスがあるのをいいことに、キスを繰り返すのだ。

パーティーでの気疲れと敏感になった体。

それに、ほどよくアルコールが回った熱い体では、まともに抵抗することも考えることもできない。

結局、彩実は諒太からのキスに自らも応え、その心地よさに体を震わせるのだ。

けれど……愛されていると錯覚しそうなほどの激しいキスを繰り返され、彩実の体がくたりと崩れてしまうと、いつも。

『今まで、俺以外の男にも、こんな姿を見せていたのか……？』

彩実の耳もとに、苦しそうな諒太の言葉が落とされる。

彩実が傷つくとわかっていてそんな言葉を口にする諒太に、彩実は力なく首を横に振るが、目の前の諒太の表情もどこか悲しげに見え、わけがわからない。

どうしてキスをするのか聞きたいのだが、諒太と心が通い合っているわけではなく、ふたりの間には溝がある。気安く尋ねられる雰囲気でもないのだ。

彩実がキスの意味を問いかけることも拒むこともできない中、そして悩みばかりが増えていく中で結婚式の準備が順調に進められていった。

結婚の準備が着々と進む中で、ふたりが味わった苦労は半端なものではなかった。

最も苦労したのはマスコミから追われ続けたことだ。

経済界に強い影響力を持つ白石家と如月家の結婚は婚約発表以来注目され続け、彩実の名前と顔を、テレビや雑誌をはじめネットで見ない日はなかった。

社交の場で正装したふたりを撮影した写真が雑誌に持ち込まれ、週刊誌に掲載されることも多かった。

彩実は出勤の途中にマスコミから追いかけられることに恐怖を覚え、精神状態も不安定になった。

落ち着かない彩実の姿を見て、諒太は一度だけという約束で記者会見を開いた。

それには諒太と彩実がふたりで臨んだのだが、彩実は白石家所有の豪華な振り袖を着てマスコミの前に出た。ホテル専属の有名美容師の手により髪は華やかに結い上げられ、丁寧にメイクを施された彩実は〝美しすぎる〟と大きな話題となった。会見後、ネットのトレンドランキングで彼女の名前が上位に入ったほどだ。

その会見で、『ふたりの結婚はいわゆる政略結婚のようなものだ』と、はっきり口にした諒太の潔さも話題になった。けれど、それ以上に話題になったのは、『だからといって愛情がないわけではなく、これから互いを慈しみ愛情を育てていく自信はある』ときっぱりと言ったときの、諒太の幸せそうな表情だった。

まるで、すでに自分は彩実を愛していると言わんばかりの満ち足りた笑顔に、世の中の女性の多くが悶絶したと、翌日以降のワイドショーは盛り上がった。

隣でその顔を見ていた彩実は、なんて嘘が上手なんだろうと、しばらく呆然としていたのだが、その姿もまた、諒太の言葉に感激し幸せのあまり言葉を失った婚約者として認識されてしまった。

＊＊＊

諒太と彩実の結婚式の日を迎えた。

結局、今日彩実が式で身にまとったドレスは試着で選んだものではなかった。彩実を極上の花嫁に仕上げたドレスは、フランスの親戚が日本に派遣した世界的に有名なデザイナーが仕立てた彩実のための、フルオーダーの特別なものだった。

親戚からは事前になんの相談もなく、突然デザイナーが現れたときには彩実も麻実子もかなり驚いた。それと同時に心配したのは、当初予定していたウエディングドレスを選んだ諒太がすんなりとフルオーダーで仕立てることを承知してくれるかどうかだった。

その心配は現実のものとなり、事情を説明した彩実に、諒太の冷たい言葉が返ってきた。

『マリュス家御用達の有名デザイナーが仕立てたドレスか。きっと華やかで君に似合うんだろうが、そのドレスを着た姿を誰に見せたいんだ？　まさか、君が結婚したいと言っていた例の家具職人か？』

諒太の冷たい言葉に、彩実は傷ついた。

彩実は諒太が変わらず忍とのことを誤解していると感じ、苦しかった。同時に誤解のきっかけとなった自分の言葉を思い出し、悔やんだ。

『まあ、君のためにあつらえたドレスのほうが、俺が選んだドレスよりも見栄えもいいはずだ。せいぜいお姉さんにうらやまれるようなドレスを仕立ててもらえ』

そう言い捨てて仕事に戻ろうとする諒太の腕を、彩実は思わず掴んで引き留めた。

自分でもどうしてそんなことをしてしまったのかわからないが、そのときの諒太の口ぶりがどことなく落ち込んでいるように思えてとっさに体が動いたのだ。

引き留めたのはいいがどうしていいのかわからない彩実は、おろおろしながらもふとあることを思いついた。

『諒太さんが選んでくれたウエディングドレスは私も気に入ってるんです。だから、記念に写真だけでも撮りませんか？　あ、あの、よければふたりで一緒に』

ほんの思いつきで口にした言葉に、諒太だけでなく彩実自身も驚いたが、意外にも諒太は彩実の思いつきに同意した。おまけにその場で飯島に連絡を取り、二日後にはつつがなく撮影を済ませた。

スムーズに撮影の段取りを整える諒太の様子に、実は諒太も自分が選んだウエディングドレスをあきらめられず、写真撮影を喜んでいるのかもしれないと彩実は感じたのだが。

『マスコミ向けの写真を用意する必要があったから、ちょうどよかった』

撮影の最中、諒太がそっけなく言い放った言葉によって、その考えは間違っていたと落ち込んだ。

そして今、彩実は新たにフルオーダーで仕立てられたウエディングドレスを身にまとっている。

上等なシルクと繊細なレースで仕立てられたそのドレスは、プリンセスラインの華やかなドレスで、彩実が唯一リクエストしたロングトレーンも採用され、極上の仕上がりとなった。

低い位置でまとめたシニヨンも、小ぶりだがダイヤの輝きがやたら眩しいティアラも彩実によく似合い、参列者はチャペルのバージンロードを歩く彩実を、その美しさに息をのみながら見守った。

もちろん諒太もそのひとりで、父親と腕を組み祭壇の前に立つ自分のもとに向かって歩く彩実の美しい姿を一心に見つめていた。

彼のその姿も気品にあふれ、参列者の注目とため息を誘った。彩実も、自分を見つめる諒太の甘い視線にとらわれ、まるで自分は諒太に愛されているような気持ちになった。

そんな幸せな感覚の中、彩実は直也から離れ諒太の手に自分の手を重ねたのだが、その瞬間、笑みを浮かべたままの諒太が彩実にささやいた。

「いつどこでカメラを向けられるかわからないんだ。俺を見習って笑ってろ」

まるで愛の言葉を口にしているような諒太のそぶりに、彩実は表情を失くした。諒太の甘い視線は周囲の目を意識してのものだったのだ。

やはり、愛されているような気がしたのは、錯覚だった……。

彩実は、自分が幸せな花嫁からはほど遠いと改めて実感し、目の奥が涙で熱くなるのを感じた。

けれど、顔を覆うベールに助けられ、どうにか気持ちを落ち着けた。

そして、ステンドグラスの彩りが美しいチャペルの荘厳な雰囲気、そしてパイプオルガンの神聖な音色に包まれながら、ふたりは将来を誓い合った。


結婚式から少しの間をおいて始まった披露宴には、国内の政財界の実力者をはじめ、スポーツ界、芸能界からも多くの著名人が顔をそろえた。

中でも注目されたのは、フランスからプライベートジェットでやって来た麻実子の両親をはじめとするマリュス家御一行様だ。

その中には最近宇宙開発で大きな功績をあげた科学者や新規エネルギー関連事業で世界的に注目されている研究者、それだけでなくインフルエンサーとして一挙手一投足が話題を呼ぶ三十代の女性モデルなどもいて、ホテルの周囲に集まるマスコミの過熱ぶりは警察が出動するほどのものになってしまった。

そんな中、披露宴はスケジュール通り進み、全六回のお色直しもすでに半分を消化した。

金屏風の前に用意された高砂に諒太と彩実は並んで座り、昨年ノーベル賞を受賞した大学教授からの温かくも長い祝辞を聴き終えたとき、ふたりのもとに三橋がそっとやって来て、膝をついた。

披露宴の進行や新郎新婦のサポートはすべて婚礼部と宴会部が取り仕切り、彩実には絶えず飯島がそばにつきお世話をしているのだが、広報宣伝部の三橋もしょっちゅうふたりのもとにやって来る。

諒太と彩実の今日の姿を来年のブライダルのカタログに使用することになり、披露宴の合間に何度かその撮影も行っているからだ。

カタログだけならまだしも、ブライダルサロンの大画面で流すイメージビデオとしても使いたいということで、会場のあちこちから何台ものビデオカメラが向けられている。

ただでさえ緊張しているというのに、撮影の話を今朝三橋から聞かされたときには、余分な仕事が増えたようでムッとした。けれど、諒太が承知していると余裕に満ちた表情で言われれば、それ以上三橋に抵抗できなかった。

三橋は諒太と彩実の間に膝をついて話しているのだが、彩実には目もくれず諒太に向かって話し続けている。今に始まったことではなく、今朝顔を合わせてからずっとそうだ。あまりにも露骨なその態度に彩実はあきれていた。

顧客相手の仕事という、三橋と同じ立場の彩実にとって、その態度は納得できない。そもそも人としてこの態度はありえないと、いら立ちも次第に大きくなっていく。

披露宴と同時進行で撮影も行うというのなら、彩実にも詳しく段取りを説明するべきなのに、ひたすら諒太にばかり話しかけている。

今もタブレットに表示されているタイムテーブルを諒太に見せ、彩実には背中を向けたままだ。

それ以前に、披露宴の最中にわざわざ高砂まで来て話すことはないだろうとうんざりする。

「次のお着替えの後、会場に入場していただく前にらせん階段と中庭で撮影させていただきます」

「わかった。ほかにも仕事を抱えて忙しいのに、体調は大丈夫か？　ここ数日、遅くまで仕事をしていただろう」

諒太の気遣う声を聞き、三橋は諒太との距離を詰めた。

「副社長こそ毎日遅くまでお仕事されているので心配です。でも、私が用意させていただいた健康茶を飲み始めてから、顔色もいいようですね」

「ああ、そうかもしれないな」

穏やかな声でそう言った諒太の目はとても優しく、三橋との付き合いの長さと親密な関係がよくわかる。

彩実は膝の上に置いた手をぐっと握りしめた。

「副社長がカタログの表紙を飾れば、今以上に結婚式の予約が殺到しそうですね。今から楽しみです」

まるで諒太ひとりが表紙を飾るような三橋の口ぶりに、彩実は小さく息を吐いた。

よっぽど諒太が好きで、今もあきらめられず彩実への敵意でいっぱいなのだろう。だったらなおさらホテルの従業員としては失格で、それを許している諒太も諒太だ。

非常識に近い仕事ぶりを見せる三橋を注意するでもなく、優しい言葉をかける諒太の姿を見ているうちに、彩実は次第に落ち込んでいく。

三橋が一方的に諒太を好きだというわけではなく、もしかしたら諒太も三橋が好きで大切にしているのかもしれない……。

だとすれば、この結婚は正真正銘の政略結婚であり、彩実が諒太に愛されることなどないということだ。

彩実はどんどん沈んでいく気持ちを切り替えようと、手もとにあるワインをほんの少し口に運んだ。

濃厚な味に、気持ちが和らいでいく。

今日提供されているワインは、彩実の親戚が醸造したワインだ。

中には、当たり年だと言われる高価なワインが大量に含まれていて、送られてきたワインのラベルに表記されているヴィンテージを確認するワインソムリエたちはかなり盛り上がったらしい。

「飲みすぎるなよ。昨日まで仕事が忙しくてあまり寝てないだろう？　また気分が悪くなるぞ」

三橋と話していた諒太が、グラスを手にした彩実に視線を向けた。

「ひと口飲んだだけなので、大丈夫です。これは私の生まれ年のワインらしいんですけど、当たり年でおいしいですよ」

彩実は諒太の手もとに置かれているワインを視線で勧めた。

するとと、諒太はグラスを手に取り、一気に飲み干した。

「……当たり年にはこだわらないが、これはうまいな。彩実が生まれたとき、お祝いの意味も込めてワインを仕込んだんだろうな」

「あ……はい。まさにその通りです。この年のワインは私のためのワインだからと言って例年の半分しか出荷しなかったそうです」

彩実は祖母や祖父をはじめとする親戚たちの心情をあっさり察した諒太に驚いた。

けれど、それが思いのほかうれしい。

「そうか。今日のために残しておいてくれたんだな」

「そういえば、今日振る舞われているワインは新婦様の親戚が作ったものなんですね。大量に送ってこられて大変だったと宴会部が言っていたんですよ」

「え……？　あ、それは、ごめんなさい」

彩実と諒太の会話を遮るような三橋の言葉に、彩実はとっさに頭を下げた。

「それに、貴重なワインが多くてセキュリティの面も心配で、早くこの披露宴が終わればいいと……あ、終わるなんて禁句ですね。申し訳ありません」

三橋は明るくそう言って謝るが、声音に意地の悪さを感じ、彩実は黙り込んだ。

「三橋、宴会部のことまで気遣ってもらって悪いな。今度このワインに負けないほどの極上のワインを用意するから今日はよろしく頼むと、宴会部のメンバーにも伝えてくれ」

「わかりました。もちろん私にも極上のワイン、用意してくださるんですよね？」

「……ああ」

かわいい声でワインをねだる三橋に、諒太は含みを持たせた声で答えた。

彩実はその声を聞いて、再び落ち込んだ。

諒太や飯島は、滅多に手にすることのできない貴重なワインが送られてきて、宴会部の従業員たちは小躍りするほど喜んだと言っていた。

今も会場内を見回せば、貴重なワインを手にしてテンションが上がるのか誇らしげにテーブルを回る何人もの従業員の姿が見える。

その様子は決して困っているようには見えない。

それに、フランスから大挙してやって来た有名ワイナリー御一行様にわざわざ挨拶をしにいくワインソムリエたち。

その紅潮した表情からは、ワイン生産者をリスペクトする純粋な思いが垣間見え、彩実のざわついた感情もすっと落ち着いた。

「それにしても、今日の主役は俺たちじゃなく、彩実の親戚たちだな」

諒太がおもしろがるようにくっと笑う。

見れば、フランスからの招待客のテーブルが集まる周辺に、なぜか政財界の重鎮たちが列をなして挨拶の順番を待っている。

その整理をしているのが如月ハウスの秘書課の男性数人と咲也……それに。

彩実は大きな声をあげ、思わず立ち上がった。

「え、姉さん？」

「どうして？」

晴香がフランスの親戚たちのテーブルの傍らに立ち、挨拶を求めて並ぶ人たちを整理していた。

光沢のあるレモンイエローの生地をたっぷりと使ったワンピースが、スラリとした晴香によく似合っている。

麻実子が強引に晴香をなじみのハイブランドのお店に連れていき、仕立てたというドレス。

『あのドレスを着た晴香ちゃんを見たら、招待客の独身男性はみなドキドキしちゃうわよ』

生来の朗らかな声でそう断言した麻実子の言葉は嘘でなかったと、彩実も納得する。

彩実よりも十センチ以上背が高く、なにを着てもよく似合い、奥二重の大きな目はいつもうるんでいて印象的。

腰まであるまっすぐな黒髪はいつも艶《つや》やかで、下ろしているだけだというのに周囲からの注目を浴びるのだ。

「姉さんが、にこにこ話してる……」

晴香が結婚式や披露宴に参列してくれるのかどうかさえ不安に思っていた彩実だが、政財界のお偉い様たちを相手に堂々と指示をしている晴香を見て、ふと懐かしさを覚えた。

子どもの頃の晴香はああだった。

同じ双子なのに男子だということでなにかと優先される咲也と違い、とくに期待されることのなかった晴香は、まだ小さかった彩実を唯一の味方だとばかりにとことんかわいがっていた。

おやつに彩実が好きなケーキが出れば、自分は少しだけ食べて彩実に分けたり、当時から賢一にそっけなくされて泣いていた彩実を見れば、手を握って一緒に寝たり。実の母親が亡くなったことを子どもなりに理解し、その悲しみを忘れようとしていたのかもしれないが、とにかく彩実を甘やかしてかわいがっていた。

そして、大人にもへつらうことなく、はきはきと意見を口にする頼りになる姉。彩実が見上げた先にある晴香のまっすぐな瞳は、彼女の憧れでもあった。

「姉さん」

テーブル越しに思わず身を乗り出した彩実を、諒太が慌てて立ち上がり抱き留めた。

その勢いのせいで、諒太の傍らに膝をついていた三橋が諒太を避けるように立ち上がった。

「おい。テーブルを倒すつもりか」

レースの花のモチーフがちりばめられた白いドレスが、倒れたグラスの水で濡れた。

「ごめんなさい。ああ、ドレスが濡れちゃった……」

彩実は慌てて手もとにあったテーブルナプキンでドレスを拭いた。

オーガンジーの薄い布地が湿った程度だが、混乱した彩実はごしごしとドレスを拭いている。

「おい、貸せ。力を入れすぎて花が崩れてるぞ」

諒太は彩実の手からテーブルナプキンを取り上げた。そして、濡れた部分にそれを優しくあてた。

「こうして押さえておけば、すぐに乾くだろう。ワインじゃなくてよかったが気をつけろよ」

あきれた諒太に、彩実は「はい……」とくぐもった声で答える。

ドレスに置かれた諒太の手を意識し、顔は熱く、心臓はドキドキしている。

式のときの誓いのキスを頬ではなく唇に落とされたときも、鼓動は尋常ではないほど跳ねたが、今も同じくらいドキドキしている。

諒太は左手で彩実の濡れたドレスをテーブルナプキンで押さえているのだが、右手は当然とばかりに彩実のウェストに回されている。

背後から抱きしめられるように腕を回されて、濡れたドレスなどどうでもいいほど体が熱い。

「あの……もう、大丈夫。自分でやります」

「じっとしてろ。これくらいたいしたことないから。じゃないと、ほら」

「ほら？」

彩実は諒太の視線を追うように、顔を上げ、前を向いた。

「何百人もの目にいっせいに見られてるぞ」

「は……？　や、やだっ」

彩実の目に飛び込んできたのは、広すぎる宴会場のあちこちから向けられる、諒太と彩実をからかうようなたくさんの瞳だった。

抱き合うように寄り添うふたり、それも彩実は顔を真っ赤にしているのだ。

政略結婚だと諒太が記者会見で言いきったにもかかわらず、人前でイチャイチャしている新婚カップル。おまけに美男美女だ。

誰もがふたりの仲のいい姿に目を細め、スマホで写真を撮り始めた。

「わ、どうしよう。写真なんて、困る。また週刊誌とかネットとか……」

「べつにいいんじゃないか？　こうして仲よくしている姿が世界中に広まれば、仕事にいい影響はあれど、悪い影響はない」

「そんな……やっぱり仕事のためなんだ……。で、でもやっぱり恥ずかしくて無理」

彩実は諒太の腕から抜け出そうともがくが、暴れた拍子に再びテーブルに体をぶつけ、食器が跳ねて大きな音が響いた。

「きゃっ」

びっくりした彩実が反射的に諒太にしがみついた途端、会場内にスマホやカメラのシャッターを切る音がうるさいくらいに響いた。

「だからじっとしてろって言っただろ」

彩実の頭をぽんぽん叩き、諒太は苦笑いを浮かべた。

その表情も周囲からの視線を意識しているように見え、彩実は切なくなった。

「副社長、とりあえず席に着いたほうがいいと思いますが」

ふたりの様子をうしろから見ていた三橋が、諒太の耳もとに声をかけ、盛り上がっている会場を見回して顔をしかめる。

「いや……その必要はない」

「え？　でも、このままでは会場の雰囲気が静まりません。そうなるとただでさえ長い披露宴なのに。タイムテーブルを見直さなければならなくなります。パンフレット用の写真撮影もまだ続きますし」

三橋は腰を低くし小声でそう言って、厳しい目を彩実に向けた。

「あと、お色直しをいくつか省きませんか？　六回ものお色直しなんて新婦様の強いご希望だと思いますが、すでに三回済ませていますし、あと一回でも十分だと思いますが」

畳みかけるように諒太の耳にささやく三橋の言葉に毒を感じるが、彩実もそれには納得だ。

諒太に強引に決められたお色直しの回数とドレス。

あと三回のお色直しが控えていて、そのたびにパンフレット用の写真撮影も予定されている。

「あの、私ももうお色直しは十分だと思います。だから」

　お色直しはあと一回にしましょうと彩実が続けようとしたとき、ざわめく会場の向こうから、飯島がタオルを手に駆け寄ってきた。

「大丈夫ですか？　グラスが割れてケガをしていませんか？」

　腰を低くし彩実に駆け寄った飯島は、彩実にケガがないことを確認すると、諒太の手からテーブルナプキンを受け取った。

「おケガがなくてよかったです。すぐに駆けつけようとしたんですけど、出遅れました。すみません」

　はあはあと息を吐く飯島が、頭を下げる。

「飯島、慌てすぎだ」

「そうよ飯島さん、ここはもういいから、行くわよ」

「あ、三橋さん、どうしてここに？　今日はずっと会場の外で撮影の準備が続いているはずですよね」

　首をかしげる飯島に、三橋はバツが悪そうに目を逸らした。

　彩実はその様子に「ん？」と首をかしげた。

　飯島の言葉通り、本来、三橋がここにいる必要はないのかもしれない。

　それでもわざわざ高砂にまで来るとは、諒太のことがよっぽど気になるのだろう。

ちらりと諒太を見れば、とくに表情を変えることもなく、ふたりのやり取りを見ている。

「ちょ、ちょっと副社長に聞きたいことがあったから来ただけよ。それにそうね、カメラマンと打ち合わせもあるし、行かなきゃ。あ……お色直しの件ですが」

三橋が思い出したように問うが、諒太が答える前に飯島がハッと彩実を振り返った。

「そうなんです、四度目のお色直しの時間です。そろそろ司会の方がアナウンスしますのでそのおつもりでいてくださいね。これまでと同じ段取りで会場の外まで誘導しますのでよろしくお願いします」

「ああ。あと三回、よろしく頼む」

彩実を席に座らせながら、諒太は笑みを浮かべた。

三橋の提案も虚しく、やはりあと三回のお色直しに変更はなさそうだと、彩実は椅子の上でがっくりと肩を落とした。

そろそろ体のあちこちがこわばり、疲れているのもたしかなのだ。

「なんといってもお色直しはあと三回しかないですからね。楽しみましょう。あー、次のエメラルドグリーンのドレス、本当に綺麗なんですよね。楽しみです」

ワクワクする気持ちを隠すことなく、飯島は三橋の背を押しながら高砂から離れた。

けれど、なにかを思い出したのか、飯島ひとりが足早に彩実のもとに戻ってきた。

そして、彩実が腰かけている椅子のうしろに身を隠すように膝をつく。

「先ほど小関様からお電話がありました」

「え、忍君から？　あの、お開きまでに間に合いそうですか？　今日は式が始まる前から忍君のことがずっと気になっていて……」

彩実はうしろを振り返り、急かすように飯島に問いかけた。

それと同時に諒太が顔をしかめたことに気づいたが、続く飯島の言葉にそれどころではなくなった。

「大丈夫です。お仕事が終わって急いでこちらに向かっているそうです。あと三十分ほどで着くとおっしゃってましたから、お開きまでには十分間に合います」

「よかった。昨日は私も遅くまで一緒だったんだけど結局終わらなかったの。おかげで今日忍君に任せるしかなかったから申し訳なくて」

小関家具の商品とのコラボが話題となっているモデルハウスのオープンを来週に控え、昨日も遅くまで現場での作業が続いていた。

彩実も結婚式前夜だというのに、日付が変わるまで確認作業に追われていた。

寝室用に手配していたベッドが部屋の内装イメージと微妙に違うとわかり、急遽別の商品に変更することになったのだ。

幸いにも新しく採用された商品の在庫が倉庫にあり、早速今日搬入されることとなった。そのため、朝から忍が現場に出向くことになったのだ。

もちろん忍も披露宴の招待客のひとりだが、搬入される商品は忍が設計、デザインした新商品。当然ながら彩実は立ち会えず、代わりに商品のことを一番理解している忍が立ち会わなくてはならなくなり、披露宴に遅れて出席することになったのだ。

「次のドレスは私の一番のお気に入りなので、小関様が間に合うようでよかったです」

「そうですね……。だけど、忍君はなんでも褒めてなんでもおいしいと言うタイプなんです。だからきっと、私がなにを着ても褒めてくれるはずです」

彩実は、忍が間に合うと聞いてほっとし、弾む声で笑った。

「では、私はあちらに控えていますので、お色直し、よろしくお願いします」

飯島が司会者と目配せをし、そっと高砂を離れた。

その姿を見送っていた彩実の耳に、司会者の「それでは、新郎新婦のお色直しのお時間となりました。新郎新婦の甘いイチャイチャぶりをお写真に収めた皆様、どうぞ席にお戻りくださいませ」という声が聞こえてきた。

「な、なに、今のアナウンス。恥ずかしい」

アナウンスの内容に彩実が照れていると、司会者は続けてフランス語で同じ内容を繰り返した。

フランスの親戚たちのテーブルが、にぎやかな笑い声でどっと沸いた。

この披露宴には親戚だけでなく、彩実を子どもの頃からかわいがっている同じ地域のワイナリーの経営者たちを大勢招待したこともあり、諒太がフランス語のできる司会者を手配してくれたのだ。

「諒太さん、あの、私の親戚に気を使っていただいてありがとうございます」

彩実はゆっくりと立ち上がり、飯島に言われていた通り諒太にぎこちなく腕を絡ませながら、小さな声でお礼を言った。

三カ月という短い婚約期間でお互いを知ることは難しく、諒太から好かれている自信は今もないが、出会った当初より威圧的に突き放されることは少なくなった。

彩実が話しかければ無視せず答える、という当然のことだが、無言のまま睨まれ顔を逸らされることに比べれば、かなりの進歩だと、彩実は前向きにとらえていた。

今も司会者がフランス語で新郎新婦に温かい拍手を、と言っているのを聞いて、心が温かくなるのを感じた。

自分との結婚をまるで罰ゲームかなにかのように嫌悪していた諒太が、彩実の親戚に気を使ってくれたことが、本当にうれしいのだ。

その心遣いを信じれば、この先夫婦としての時間を楽しめるような気もしている。

「身内に日本人も増えたから、みんな日本語の勉強もしてるんですけど、なかなかなんです。だからみんなホッとしてると思います」

「いや、せっかくフランスでも有数のワイナリー、おまけに向こうの政界にも深いつながりを持つビリオネアと親戚になるんだ。これからのことを考えればこの程度のこと、なんでもない。愛情のない政略結婚のメリットは、これくらいだから、いずれせいぜい利用させてもらうよ」

それまでの軽やかな表情と声から一変。

諒太は表情を硬くし、とがった口調で答える。

なにが気に入らないのか、彩実を見ようともしない。

水に濡れた彩実のドレスを拭き、テーブルにぶつかった体をとっさに支えてくれたのは、ほんのついさっきのことだ。

それなのに、あっという間に諒太の様子は変わってしまった。

その突然の変化に、彩実は戸惑いを隠せない。

「それに、さっき少し話したけど、親戚の中には王室に縁のある人もいるらしいな。

俺も日本ではそこそこの家に生まれたと思ってるけど、さすがに王室はないな。結婚相手は誰でもいいと思ってたけど、さっき飲んだワインと一緒だ。俺の結婚も当たりだったな」

「当たり……」

諒太の腕にしがみつきながら、彩実は足もとから力が抜けるような気がした。

今日は朝から式も披露宴もタイムテーブル通り進み、諒太も楽しんでいるように見えていたが、錯覚だったのだろうか。

割れんばかりの拍手の中、彩実と諒太はお色直しのために会場内をゆっくりと歩いていく。

ふたりともそれに応えるように笑顔をつくり、知り合いを見つけるたび会釈する。

「お似合いだわ」

「美男美女で、うらやましい」

「幸せにね」

いくつもの祝いの言葉をかけられ、彩実は次第に落ち込んでいく。

ぎくしゃくした歩みも、それすら照れているのだろうと思われているようで切なく、向けられるスマホやカメラに笑顔をつくる余裕もない。

「ちゃんと笑え」

甘い笑みを顔に貼りつけた諒太が、彩実の耳もとにささやいた。

「次期社長夫人の仕事のひとつだろ」

「仕事……」

「まあ、お待ちかねの例の家具職人がようやく登場するようだし、笑えるだろ……」

会場のざわめきの中聞き逃しそうなささやきに、彩実は唇をかみしめた。

見合いの日に向けられた冷たさは、やはり諒太から消えていなかった。

「ほら、親戚が手を振ってるぞ」

見れば、少し離れたテーブルには、ひときわにぎやかな親戚たち。

ブロンドや明るいブラウンの髪が照明に映えてとても綺麗だ。

それに、女性たちが身にまとっている、ハイブランドでフルオーダーしたという華やかなドレスは、日本ではあまり見かけない色合いで会場内の誰よりも目立っている。

あの場所に、自分も交じりたい。

彩実のそんな思いを察したのか、諒太は腕を引き締め絡ませている彩実の腕を引き寄せた。

「君はもう、白石家の人間だ。どこにも、誰のところにも逃がさないぞ」

冷たい吐息とともにそうささやいた諒太の唇が、彩実の耳もとをくすぐった。

今の投げやりな言葉を、どう受け止めればいいのかわからない。

けれど、フランスのホテルを買収した白石家が、マリュス家と縁戚関係を結んだのを機にフランスでの事業を拡大する計画を立てていると、数日前のネットニュースで見たのを思い出した。彩実を逃がさないというのは、白石家のそんな思惑にも関係しているのだろう。

おまけに、彩実が晴香の邪魔をしないよう、この結婚を決めたとはっきり言われている。

婚約発表から今日まで、ふたりの距離が縮まったとは思わないが、彩実の努力次第ではこの先仲よくなれるかもしれないと期待する、穏やかな時間が何度かあったのもたしかだ。

けれど、冷ややかな感情を隠し作り笑顔の諒太を見れば、それは難しいと感じた。

そして、テーブルの間をゆっくりと歩く途中で、晴香と目が合った。

いつもと変わらない、あきらかに彩実を嫌っているとわかる不機嫌な表情。そこには、さっきまで周囲に見せていた笑顔はもうない。

諒太も晴香も、彩実を受け入れるつもりはないのだろう。

そう思った途端、彩実の目に涙が浮かんだ。目の前が涙で揺らめき、足もとがはっきり見えない。

彩実は転ばないよう、一歩一歩ゆっくりと歩いた。そんな彩実にかまわず、諒太は飯島の後に続いてさっさと歩く。

少しの優しさも見せなくなった諒太に、ついに、涙がこぼれた。

「まあ、泣くほどうれしいのね」

「政略結婚だなんて、単なる照れ隠しだったんだわ。本当、幸せそうな花嫁さんだわ」

ぽろぽろ涙とこぼす彩実をうれし泣きしていると勘違いした言葉が耳に入り、彩実はうつむいた。

心が痛くてどうしようもない。けれど、これもまた、現実だ。

彩実は足もとのじゅうたんに小さな涙のシミが浮かぶのを見ながら、期待するのはやめよう、強くなろうと心の中で繰り返した。

結局、彩実を受け入れようとしない諒太とは、このまま他人のような距離感で過ごしていくのだろう。それに、如月家を出た今、今後晴香と顔を合わせる機会は滅多にない。

姉妹として、家族として、再び心を寄せ合うこともないだろう。

ようやくの思いで諒太の腕につかまって歩きながら、彩実はあきらめの笑顔を浮かべた。

「新婦様、少し左に視線をください」

「あ、はい。こ、こうですか？」

「ＯＫです。しばらくそのままで……。はい、いい写真が撮れました。あとは階段を下りていただいて、中庭で撮影させていただきます」

カメラマンのてきぱきとした声に、彩実はホッと息をついた。

白石ホテルのブライダル用のパンフレットに使われる写真を、式や披露宴の合間に撮られているのだ。

披露宴会場での写真はもちろん、ブライズルームでの様子も撮られたが、これほど多くの写真が必要なのかどうか、彩実には理解できない。

それでも、副社長である諒太自らもモデルとなってパンフレットに載るのだから、いい写真をそろえたいのだろうと思い、彩実は気合を入れなおした。

エメラルドグリーンのドレスに着替え、涙で崩れたメイクを綺麗に整えた彩実は、華やかで美しい。

飯島から何度も綺麗だと言われているうちに、お世辞だと思いながらも気持ちは落ち着き、そのおかげでカメラに向かって自然な笑顔を作れるようになってきた。

お色直しのたびに写真を撮っていれば嫌でも慣れてきて、カメラマンの細かい指示にも的確に応えられるようになる。

彩実はそんな自分に、苦笑いを浮かべた。

「新婦様急いでいただけますか。会場への入場時刻まで余裕がありません」

「あ、はい。すみません」

撮影に立ち会っている三橋の声に、撮影が終わりらせん階段に座っていた彩実はゆっくりと立ち上がった。

Aラインのドレスの裾が階段に綺麗に広がっていて、立ち上がるのにも慎重になる。

五センチほどのハイヒールでバランスを取るのはかなり大変で、彩実は手すりにつかまりながら立った。

「お急ぎください。時間が押していますし、今の日差しがある間に撮影を済ませたいのです」

「すみません。でも、裾を踏んでしまいそうで……」

階下から彩実を見上げている三橋のいら立つ声に彩実は慌て、両手でドレスの裾を持ち上げる。そして、手すりから手が離れて不安定だが、裾を踏むよりはましだろうと、一歩一歩下りていく。

いくらゆっくり歩いても足もとはおぼつかなくて、いっそハイヒールを脱いでしまおうかと本気で考える。

けれどその時間すら三橋に怒られそうで、仕方なく足を動かし続けた。

「時間がないって言ってるのに、遅いわね……。お色直しを省けばよかったのに」

三橋は彩実に聞こえるとわかって言っているのだろう。

乱暴な言葉に、彩実は顔をしかめた。

お色直しの回数もこの撮影も、すべて諒太が独断で決めたのだ。

文句があるなら諒太に言ってほしいと、彩実はうんざりする。

その諒太は自分の撮影を終えた後、少し離れた場所で電話をしている。

諒太がそばにいないのをいいことに、三橋は彩実に嫌な言葉ばかりを投げつけてくるのだ。

三橋は諒太と同期入社の広報宣伝部のエースらしいが、まるで諒太の秘書のようにいつも近くにいる。

三十路を過ぎ、見た目も立場も極上の諒太に、これまで恋人がいなかったとは思わないし、過去に三橋となにかあっても不思議ではない。

けれど、まさか今も三橋と付き合っているのではないかと疑うほどの親しさに、彩実の心はざわざわしている。

「新婦様」

いら立つ三橋の鋭い声に彩実は驚き、その拍子にドレスの裾を踏みつけてしまった。

「きゃあ」

慎重に階段を下りていた足もとがぐらつき、大きく体が揺れた。

とっさに手すりを掴もうとするが間に合わず、彩実の体がふわりと浮き上がった。

「彩実っ」

このまま落ちると覚悟し目を閉じたとき、彩実を呼ぶ声とともに階段を駆け上がる慌ただしい足音を聞いた。

まさか諒太が助けにきてくれたのかと思った次の瞬間、彩実は力強い腕に抱き留められた。

「大丈夫か？　どこか痛むところはないか？」

階段の上で抱き留められた彩実は、間一髪転落を免れ、助かった。

「うん……。大丈夫」

心配気な声に顔を上げると、真っ青な顔の忍と目が合った。

息は上がっていて、急いで階段を駆け上がってきたとわかる。

階段から落ちそうになった彩実の体を片手で受け止め、もう一方の手で手すりを掴んで体を支えてくれたようだ。

「忍君……。あ、ありがとう」

「本当に大丈夫か？　足をくじいたりしていないか？」

彩実は忍の体に預けていた体を起こし、慎重に立ってみる。足だけでなく体のどこにも痛みはなく、ホッとした。

「どこも痛くないし、大丈夫みたい」

「それはよかったけど……。とりあえず、下りよう」

忍はくぐもった声でそう言うと、彩実を軽々と横抱きにし、階段を下りていく。

「あ、あの忍君、大丈夫だから。下ろして」

「わかってる。すぐに下ろすからじっとしていて」

忍は彩実を抱いたまま階段を下り、その様子を呆然と見ていた三橋の前に立った。

「彩実を休ませたいから部屋を用意して」

「え、部屋ですか？」

「そう。体は大丈夫みたいだけど。動揺してるから」

黒い礼服を着て髪をうしろに流した忍はとても凛々しい。そして表情は硬く、声にも怒りが感じられる。

「部屋と言われましてもすぐには……。それに、まだ撮影が残っていて。ケガがなければこのまま中庭に」

「はあ？　なにバカなこと言ってるんだよ。もともとは彩実をひとりで階段から下りさせるからだろう？　このホテルには新婦に手を貸すとか支えるとか、そういう当然の優しさはないのか」

「し、忍君……」

ホテルの中庭に続くホールに、怒りに満ちた忍の声が響いた。

「それに、彩実に手を貸さないどころか何度も急かしていただろ。まずいと思って、彩実がバランスを崩す前に走り出していてよかったよ。そうでなかったら大ケガしていたぞ」

忍の怒りに圧倒された三橋は顔をこわばらせ、後ずさった。

「そ、そう言われても、私はべつに急かしていたわけでは……それに、階段を下りるくらいひとりでも」

「ひとりでもって、そんな言い訳通用すると思ってるのか？」

しどろもどろに弁解する三橋に、忍は容赦なく詰め寄る。

階段から落ちそうになる彩実を見て、よっぽどショックを受けたのだろう。

忍の顔色も悪く、動揺しているのがわかる。

「おい、どうしたんだ」

低い声が響き振り返ると、電話を終えた諒太が彩実のもとにつかつかとやって来た。

忍に抱き上げられている彩実を見て、顔をしかめている。

「なにかあったのか？」

諒太は不機嫌な声で彩実に問いかけると、睨むように目を細め、忍と三橋に交互に視線を向けた。

「あ、あの、大丈夫です。ただ、ちょっと私が階段から落ちそうになって」

気まずい雰囲気の中、おずおずと彩実が口を開いた。

「落ちた？　大丈夫なのか」

「大丈夫です。あの、落ちたのではなく、落ちそうになっただけです」

諒太に顔を覗き込まれ、彩実は慌てて目を逸らした。

諒太の表情を見ても、心配しているのか怒っているのかわからない。

おまけに階段から落ちかけた動揺も収まらず、心臓もバクバク言っている。

「彩実さんっ。きゃー、どうしたんですか。まさか、疲れて倒れたんですか？」

「あ、飯島さん」

最後のお色直しで身に着けるルビーのネックレスを取りにいっていた飯島が、ちょうど戻ってきた。

その間、彩実はらせん階段での撮影をしていたのだが、もしも飯島が立ち会っていれば、彩実をひとりで階段から下りさせるようなことはしなかったはずだ。

「大丈夫ですか？　パンフレットの撮影が続いて、疲れたんですよね」

「違うんです、あの、ちょっと階段でつまずいただけで」

誤解している飯島に慌てた彩実は、忍の腕の中から体を起こした。

「忍君、ありがとう、大丈夫だから下ろしてほしいんだけど」

「いや、まだ顔色が悪いぞ。どこかで休憩したほうがよくないか？」

「ううん。そんな時間はなさそうだし、もう落ち着いたから大丈夫」

そう口にしながらも、まだ階段から転げ落ちそうになった動揺は続いていて、彩実の手は震えている。表情も硬く、メイクをしているにもかかわらず顔色も悪い。

「おい、こっちによこせ」

諒太は彩実を離そうとしない忍にそう言うが早いか彩実の体に両手を差し入れ、あっという間に奪い取った。

「きゃ……」

いきなり諒太の腕に抱き取られ、彩実は慌てて諒太の首にしがみついた。

「おい、いきなり危ないだろう」

忍の冷静ながらも怒りを含んだ声を耳にし、彩実はおろおろする。

「諒太さん、あの、大丈夫です。お、下ろしてください」

「じっとしてろ」

諒太は忍にも彩実にもかまうことなく歩き出すと、ホールの片隅に並べられている長椅子に彩実を下ろした。そして彩実の隣に腰を下ろし、彼女の顔を覗き込んだ。

忍と飯島、そして三橋もふたりの周りを取り囲んだ。

「彩実さん、靴を脱いだほうがいいですね」

飯島が膝をつき、彩実の足からそっとハイヒールを脱がせた。

「痛みはありませんか?」

「はい。忍君が助けてくれたから、どこも痛くないし大丈夫です」

彩実は忍に笑顔を向けるが、その笑顔はぎこちない。

「いや、普段履きなれないハイヒールにてこずっているようだったし。とにかく間に合ってよかったよ。今もホテルの外にマスコミが大勢いるから、大ケガでもしてたらそれこそまたネットが彩実の話題一色になってたな」

彩実の無理やりつくった笑顔に気づいた忍は、場を和ませようと、明るく答えた。

「え、小関さんが助けてくださったんですか？　絶対にかっこよかったですよね。私も見たかったです。階段から落ちるお姫様を助ける王子様って感じですか？　やだ、本当に残念です」

忍に合わせるようにはしゃいだ声をあげた飯島に、彩実はくすくす笑った。

「飯島さん、声が大きすぎます」

三橋がいら立つ声で飯島に注意するのを聞き、彩実も慌てて笑いをこらえた。

「あ、三橋さん、こちら私の友人の小関忍さんです。仕事があったので今到着したところです。……で、こちらは広報宣伝部の三橋さん」

彩実の紹介に続いて、忍と三橋は硬い表情のまま軽く頭を下げた。彩実はその様子に苦笑しながら、再び口を開く。

「それにしても、たしかに忍くんは王子様のようでかっこよかったかもしれないけど、怖くて目を閉じてたから、よく覚えてなくて」

それに、抱き留められた一瞬、諒太が助けにきてくれたと勘違いした。

タイミングが悪ければ、彩実だけでなく忍も巻き添えをくらって大ケガをしていたかもしれないと、忍に申し訳なく思う。

その諒太を見れば、彩実のエメラルドグリーンのドレスに合わせてオーダーしたという深緑のタキシードがよく似合っている。

憮然とした表情だが、やはり心配しているのか彩実の背中に手を置き、支えている。

彩実はドレス越しに感じる諒太の手の温もりに、体を預けた。

「あ、お水かなにか持ってきますね」

飯島はすっくと立ち上がると、彩実の返事を待たずホールの向こうへ足早に消えていった。

「飯島さん、忙しいのに、申し訳ない……」

飯島の背を見送りながら、ぽつり、彩実はつぶやいた。

飯島は常に彩実に付き添ってくれていたのだが、ほんの少しそばを離れてしまった間にこんなことになり、責任を感じているはずだ。

「私がもっと気をつければよかった」

慌てずにゆっくりと階段を下りていれば、こんなことにはならなかったのにと、彩実は自分を責め、唇をかみしめた。

「やめろ。唇が傷つくぞ」

諒太の指先が、優しく彩実の唇をなでた。

「小関君に助けられてせっかく無傷で済んだのに、自分で傷つけてどうする」

「え……は、はい。そうですね」

言い聞かせるような諒太の声に心を震わせ、彩実はこくこくとうなずいた。

彩実を長椅子に座らせた後も、これといって優しい言葉をかけてくれるわけでもなく、怒っているのだろうと落ち込んでいたが、今のひと言で安心できた。

「そうですよ。新婦様がしっかりと歩いていればこんな大騒ぎにはならなかったはずです」

ふたりの様子をうかがっていた三橋が、突然甲高い声をあげた。

「私は広報の人間で新婦様のお世話係ではありません。手を貸さなかったからと言って責められても困ります。新婦様のお世話は飯島さんの仕事です」

自分を責めた忍の言葉に納得できないのだろう、三橋が平然と言葉を続けた。

顧客相手の仕事に就いているという以前に、人としてそれはだめだと説教したくなる言葉を、躊躇なく口にする三橋の姿に、彩実は目を丸くした。

忍も同じことを考えたようで、次第に怒りがこみ上げてきたのか、顔が赤く染まっていく。

「おい、客をなんだと思ってるんだ」

気色ばむ忍に慌てた彩実は、慌てて立ち上がり忍の腕を掴んだ。

「忍君、落ち着いて。忍君のおかげで私はケガもしてないし、披露宴もちゃんと楽しむから。それに。ほら、あの件はどうなったの？　私、昨夜は忍君を残して途中で帰っちゃったから、気になっていたんだけど」

彩実は忍の気持ちを落ち着かせようと、仕事の話を持ち出した。商品の搬入など、気になっているのは嘘じゃないのだ。

すると、忍は気持ちを落ち着かせるように何度か息を吐き出し、口を開いた。

《ベッドの件ならすべて完了》

突然フランス語で話し始めた。

もちろん彩実はフランス語が堪能で、今の忍の言葉をすぐに理解できた。

一方の忍はフランス留学に備えて昔からフランス語の勉強を続けていて、今では彩実とフランス語でやり取りできるほどまでに話せるようになっている。

「忍君？」

《取り替えたベッドだけど、壁紙の雰囲気にも合うし、彩実も気に入るはずだ》

《え、本当？　昨日のベッドも寝心地がよくて気に入ってたんだけど》

フランス語を続ける忍に合わせ、彩実もフランス語で答えた。けれど、突然フランス語で話し始めたふたりに三橋は戸惑っている。そんな中、表情を変えないまでも決して機嫌がいいわけではなさそうな諒太に申し訳なく、彩実は複雑な表情を浮かべた。

《そうだな。ちょっと横になるとか言って、がっつり眠り込んだときには笑った》

忍は彩実が周囲を気にしていることに気づいているはずだが、変わらずフランス語で話を続ける。彩実もそれにつられるようにフランス語で答え続けた。

《あー。それは言わないで。疲れてたから、つい》

毎日の残業と結婚式の準備で寝不足だった彩実は、ついモデルハウスのベッドに横になり十分ほどだが寝入ってしまったのだ。

というより、忍が気を利かせて起こさずにいたのだが。

《新しいベッドの寝心地も確認しないとね》

《そうだな。俺がデザインした自信ありの新作だからな。昨日のベッドと違って高級ラインのひとつだしきっと気に入るはずだ。発売前だから公表していない情報もあるから、今はお楽しみにとしか言えないけど》

真面目な声音に変わった忍の言葉に、彩実は「ああ、そういうことか」と納得した。新商品の情報を部外者に知られるわけにもいかず、忍はフランス語に切り替えたのだと気づいた。

《わかった。なるべく早めに寝心地を確認しにいくね》

忍がひとりで設計とデザインを担当したというベッドだ、彩実は楽しみでワクワクしてきた。

《忙しくて時間もないだろうけど、がっかりさせない自信はあるから》

彩実は忍のこれまでにない自信に満ちた表情と言葉に驚いたが、最近の忍の目覚ましい活躍を考えれば当然かもしれない。

彩実と忍は顔を見合わせ、互いにしかわからない思いを交わすように、笑った。

「あの、ふたりでこそこそわけのわからない言葉を使って失礼ですよ。副社長や私がいることを忘れてませんか？　それとも新婦様はその男性となにか特別な関係なんでしょうか？」

フランス語で話す彩実と忍をぽかんと眺めていた三橋は、我に返ったように騒がしい声をあげ同意を求めるように諒太を見た。

諒太は無表情のまま黙り込みまっすぐ彩実を見つめている。

「あ……ごめんなさい。でも、べつにこそこそ話していたわけじゃなくて、ただ」

仕事の話をしていただけだが、たしかに忍とふたりでフランス語で話していたとなれば感じが悪い。

もしも諒太が三橋と彩実の知らない言語で話していたら腹が立つはずだ。

彩実はおずおずと諒太の前に立つと「ごめんなさい」と再び謝った。

「あの、諒太さん……？」

黙ったままの諒太に、彩実は不安を覚えた。

また、お色直しの退場のときのように、冷淡な言葉を投げつけて彩実を突き放すのだろうか。

階段から落ちそうになった彩実を間一髪で助けたのは忍だが、その後動揺が収まらない彩実を落ち着かせてくれたのは諒太だ。

優しい言葉などなかったが、彩実の不安定な心を察して寄り添ってくれた。

それに『こっちによこせ』と言って忍から彩実を取り上げた。

強引に、まるで彩実を物のように扱うのは、まさに白石家の御曹司。

そんな傲慢ともいえる態度も、彩実はうれしかった。

だからもし再び諒太に突き放されたら、激しく上下する気持ちとどう折り合いをつければいいのかわからない。

「また……？」

彩実は切羽詰まった顔でつぶやいた。

「忍君とは付き合いの長い友だ――」

そのとき、彩実のために飲み物を取りにいっていた飯島が戻ってきた。

「お待たせしましたー。お水とお茶と果汁百パーセントのジュース。どれがいいですか？　あ、彩実さん、立てるようになったんですね。気分はいかがですか？」

飯島は彩実の手を取り諒太の隣に座らせると、ペットボトルを差し出した。

「あ、ありがとう」

彩実は諒太が気になり飲み物どころではないが、せっかくなので水を手に取った。

「あ……開けられない」

落ち着かないせいか、手に力が入らず、キャップを開けることができない。

何度もトライするが、キャップは一ミリも動く気配がない。

「貸してみろ」

見かねた諒太がボトルを取り上げ、簡単にキャップを開けた。

「ありがとうございます。すみません」

彩実は諒太からボトルを受け取り、ひと口飲んでのどを潤した。

おかげで気持ちが落ち着いてきたが、それはきっと水の力だけではない。

「どうせなら、親戚ご自慢のワインのほうがよかったか？」

そう言って軽く笑った諒太のおかげ、かもしれない。

その後、披露宴はタイムテーブル通りに進み、無事にお開きを迎えた。

お色直しもすべて完了し、パンフレットの写真撮影では飯島が常に彩実の近くに控え三橋の嫌みや面倒な注文から守り続けた。

諒太は相変わらず淡々と段取りに従い、招待客からの祝いの言葉にも無難に応え、彩実と距離を置くこともなかった。

敵意を向けられないだけで諒太との距離が縮まった気がした彩実は、思っていた以上に落ち着いた気持ちの中、お開きを迎えることができた。


午後十時過ぎ、すべてを終えた彩実と諒太は、今江が運転する車でホテルから新居となる５ＬＤＫのマンションに帰ってきた。

「俺は今から出るから、寝てろ。明日もそのまま仕事でいつ戻るかわからないし、自由にしていていい。あ、自由とはいえ、晴香さんの恋人を奪うようなことは二度とするなよ」

部屋に戻ってきた途端、諒太は苦々しい声でそう言って彩実の前にタブレットを差し出した。

「なに……?」

嫌な予感がしてこわごわとタブレットを受け取ると、画面にはふたりの披露宴の記事が早速アップされていた。

最後のお色直しで着た鮮やかなオレンジ色のドレスを着た彩実と、燕尾服がよく似合う諒太の笑顔が画面の中央を占めている。

「次のページを見てみろ」

「次?」

諒太に言われるがまま画面をスライドさせると、そこにも披露宴の写真が何枚かアップされていた。

「え、また姉さんと忍君?」

彩実はまじまじと写真を見つめた。

それは披露宴の最中だろうか、フランスの親戚たちに交じって楽しげに話している忍と、忍の腕にしがみつくように寄り添う晴香の写真だった。

「え、姉さんが忍君を追いかけてる？　って、そんなことあるの？」

ふたりが一緒にいる姿を見た記憶はなく、彩実は信じられない思いで記事を読む。

「フランスに留学する小関家具の後継者のために、晴香さんもフランス移住を決意したフランス語の勉強中……？　え、わけがわからない」

忍からはなにも聞いていないし、引きこもりに近い状態の晴香がフランスに移住できるとも思えない。

「記事が本当かどうかはわからないが、一応白石家の次期社長夫人になったんだ。お姉さんの恋人に限らず、夫以外の男と噂になるような軽はずみな行動は慎めよ。くれぐれも、得意のフランス語で小関の御曹司を誘惑しないように」

諒太は彩実の手からタブレットを取り上げ、そのまま家を出ていった。

「え、まさか本当に出かけたの……？　こんなに遅い時間にいったいどこに？　結婚したばかりなのに」

彩実は広すぎる家にひとり取り残され、なにも考えられないまま呆然と立ち尽くす。

「大切な日にどうして……ひとりで出ていくの……？」

慣れない部屋に残された彩実は、諒太が出ていったドアをぼんやりと見つめ続けていたが、悲しみや寂しさ、そして苦しみという面倒な感情をやり過ごしているうちに、ふと我に返った。

「なんだか、腹が立ってきた」

次に湧いてきた感情は怒りだった。

見合いのときからずっとふたりの関係がこじれているのは、全部諒太の思い込みのせいだ。彩実はそう思い、大きくうなずいた。

たとえ諒太が結婚を決めた理由が家業のためだとしても、だからといってそれが彩実を傷つけていい理由にはならないのだ。

晴香との関係も、彩実が諒太と結婚すると決めた理由もひとりで勝手に想像して決めつけて、そして彩実を責めている。

そう、悪いのはすべて諒太だ。

彩実は、体は疲れ切っているのにもかかわらず、怒りのせいで興奮し眠れない夜を過ごした。

もちろんその晩、諒太は帰ってこなかった。

# 第四章　消去したはずの過去

　彩実と諒太の新居は、閑静な高級住宅街に建つ白石家所有のマンションだ。

　結婚式の準備と同時に引っ越しの準備も進めたせいでかなり忙しかったが、白石家から派遣された業者によって必要なものはすべて搬入され、彩実の荷物も整理された5LDKの家の中には段ボールひとつ残されていない。

　マンション以外にも使っていない土地がいくつもあるということで、結婚を機にそこに如月ハウスの家を建てる話も出たのだが、婚約から結婚まで三カ月弱しかなかったために、いったん手持ちのマンションに住むことになったのだ。

　そのマンションはセキュリティ対策が万全の五階建て。

　各階に二戸だが、最上階の五階は彩実と諒太が住む一戸だけで、ほかの住人が訪れることはない特別なフロアだ。

「なんて冷蔵庫を開けるのが楽しいんだろ」

　彩実は冷蔵庫の中を覗きながら、弾んだ声をあげた。

　ほとんど眠れない夜を過ごした彩実は、いわゆる新婚初夜だというのに出かけたまま帰ってこない諒太に腹を立てながら、朝食の準備をしていた。

諒太の実家の家政婦が事前に冷蔵庫に食材を詰め込んでくれていたおかげで、大抵のものは作れそうだなと、彩実はワクワクしながらあれこれ取り出していた。

如月家にも家政婦はいるのだが、彩実は気分転換に料理をするのが好きで、普段から食べたいものを自分でささっと作って食べている。

「あ、分厚いベーコンがある。じっくり焼いて食べようかな……エシレバター発見」

彩実は冷蔵庫の奥から大好きなフランスのバターを取り出した。

おいしいのはもちろん、昔ながらの製法で丁寧に作られているのが気に入って、フランスにいるときだけでなく、日本でもよく食べている。

キッチンには有名ブランドのコーヒーメーカーもあるが、勝手に使っていいかわからず、冷蔵庫に入っていたアイスコーヒーをグラスに注いだ。

手早くサラダも作ってテーブルに並べるが、なかなか気持ちは盛り上がらない。

大好きなエシレバターを前にしても……だ。

「これからもこうしてひとりで食事をするのかな……」

テーブルに頬杖をつき、ため息をつく。

リビングの大型テレビの画面には、気象予報士のお兄さんが今日も晴れるとにこやかに話しているが、彩実の心が晴れる気配はまるでない。

「仕事を続けることにして、よかった」

専業主婦になって、こんな広い家にひとりでいるのは寂しすぎる。

諒太が社長になる頃には退職して、彼のサポートをするつもりでいたが、その必要はないかもしれないとも思った。

「諒太さんが欲しかったのは、如月家のバックボーンだもん。結婚してしまえば私はお役御免。私のサポートなんて必要ないか……」

彩実は手もとのバターナイフを手に取り、軽く焼いたフランスパンにエシレバターを存分に塗り、じっくり味わって食べた。

これ以上気持ちが沈まないよう、そしてなにも考えないようにしながら、ひたすらバターを味わう。けれど、フランスで親戚のみんなとにぎやかに食べたときほどおいしく感じられなかった。

それでも並べた料理をすべて食べ終えた彩実は、出かける準備を始めた。

昨日の夜、彩実が大切にしているネックレスをブライズルームに忘れていると、飯島から連絡があり、白石ホテルに取りにいくつもりなのだ。

それは彩実がいつも身に着けているひと粒ダイヤのネックレスで、彩実が大学に合格したときに、ご褒美に咲也が買ってくれた大切なネックレスだ。なくさないように気をつけているのだが、昨日はさすがに疲れていてすっかり忘れてしまった。

彩実は準備を整えると、諒太から渡された、家のカードキーを手に家を出た。

マンションから最寄り駅まで徒歩三分。

新居が便利な場所にあるのはありがたいと思いながら電車に乗り込み、白石ホテルに向かった。

ホテルに着くと、彩実はロビーのソファに腰かけ、【ロビーで待っている】と飯島にスマホでメッセージを送った。

日曜日の今日も結婚式と披露宴の予定がいくつか入っていて、飯島は朝から走り回っているらしい。

ロビーも披露宴の招待客らしい人でごった返していて、それだけで飯島の忙しさを想像できる。

飯島からの返事も遅いかもしれないと思い、彩実はソファの背に体を預けた。

ほどよく暖房が効いた居心地のいいスペースでほっとひと息ついていると昨夜眠れなかったのも手伝い、彩実は次第に眠くなってきた。

小ぶりのバッグを胸に抱き、ぼんやりしているうちに瞼も落ちてくる。

「あー、だめだ」

このままだと本格的に眠ってしまいそうだと不安になった彩実は、コーヒーでも飲みにいこうと立ち上がり、エレベーターに向かった。

上階のレストランフロアに行けば、おいしいコーヒーが飲めるだろうと思いながら歩いていると、一番奥のエレベーターの扉が開くのが見えた。

すでに大勢の人が扉の前で待っていて、彩実はそれに乗るのはあきらめ、別のエレベーターを待つことにした。

近くのエレベーターの前でぼんやりと待っていると、一番奥のエレベーターから降りてきた人の中に見慣れた顔があり、彩実は目を丸くした。

「諒太さん……それに三橋さん」

乗り込む客の間を抜けながらロビーに向かうのは、諒太と三橋だ。

眠気も一気に消え、彩実はふたりの姿を目で追った。

ふたりはにこやかに言葉を交わしながらロビーに向かって歩いている。

隣を歩く諒太をうれしそうに見つめている三橋は私服姿で、白いセーターとベージュのフレアスカートがよく似合っている。

腕に黒のコートをかけ、ロングブーツ姿で颯爽と歩いている。

諒太を見れば、遠目からでも上等だとわかるスーツを着ていた。

ダークグレーのスーツに紺のネクタイは、きりりとした雰囲気の諒太によく似合っていて、彼を見て振り返る客も多い。

今も諒太のかっこよさに目を奪われて足を止め、頬を染めている女性が何人もいる。

たしかに、二度見してしまいそうなほど素敵だ。

細身のダークグレーのスーツも紺のネクタイも、昨日諒太が披露宴で着ていたタキシードに負けないくらい彼の魅力を引き立てている。

けれど、昨日マンションを出ていったときに諒太が着ていたのは、紺色のスーツでネクタイは深紅だった。

白石ホテルと如月ハウスのイメージカラーの二色を使っていたのが印象的で、彩実の記憶にはっきりと残っているのだ。

「昨夜、三橋さんと一緒だった……？」

諒太たちが並んでいる姿にショックを受けた彩実は、目の前のエレベーターの扉が開いたのにも気づかず、ロビーに向かって歩く諒太の横顔を見つめていた。

手をつないでいるわけではないが、三橋が諒太を見上げながら話す様子はとても親密で、ふたりの間になにもないとは思えない。

やはり、昨夜から今までふたりは一緒にいたのだろうと、彩実は胸の痛みをこらえるように唇を引き結んだ。

「あの、そこに立たれると邪魔なんですけど」

立ち尽くす彩実に、エレベーターから降りてきた女性が声をかけた。

振り返ると、扉が開いたエレベーターの真ん前に立っていた彩実は、出入りする人たちの邪魔になっていた。

「あ、すみません」

彩実はこの場には似合わない大声で謝り、急いで脇に身を寄せた。

そして、出入りする人々の一番最後にエレベーターに乗り込んだ。

ひとまず上階のレストランでコーヒーを飲んで落ち着こうと、呼吸を整えた。

「……ん?」

扉が閉まる直前、振り返り目を丸くしている諒太と目が合った。

まさかここで彩実に会うとは思わなかったのだろう。

諒太が気まずそうな表情を浮かべていたように思え、彩実は苦笑した。

三橋は披露宴の準備をしているときから、事あるごとに諒太のもとにやって来ては、長い付き合いであるふたりの親密さを見せつけていた。

よっぽど諒太が好きで婚約してもなおあきらめきれず、突然婚約者として現れた彩実が気に入らないのだろう。ただ、彩実はそれも結婚式が終わるまでのことだろうと、三橋からの敵意を受け流していた。

もちろんいい気分ではないが、たとえ諒太が三橋に特別な思いを抱いていたとしても、結婚すれば一線を越えるようなバカな真似はしないだろうと思っていた。

けれど、それは彩実の勘違いだったようだ。

昨夜ふたりは白石ホテルで一夜を過ごしたはずだ。

そうでなければ諒太が着替えているわけがない。

三橋の単なる片思いで、諒太がその気持ちに応えなければそれでいいと考えていたが、並んで歩くふたりを見て、諒太も三橋と同じ気持ちなのだろうと感じた。

混み合うエレベーターの隅で目を閉じ、彩実は胸にあふれる悲しさに耐えた。

そして、政略結婚なんてするべきではなかったと、果てしなく落ち込んだ。

その後、彩実はコーヒーをあきらめ、ブライダルサロンがあるフロアでエレベーターを降りた。

気持ちはどんと沈み、浮上する気配もない。

昨日忘れて帰ったネックレスを受け取って、早く帰ろうと思った。

「あ、彩実さん、わざわざすみません」

サロンに向かって歩いていると、飯島が入口の前で手を振っていた。

「今メッセージを送ったところなんですけど、ちょうどよかったです」

いつも通りのやわらかな笑みを浮かべる飯島に、こわばっていた彩実の表情もほころんでいく。

「おはようございます。昨日わざわざご連絡いただいてすみません」

彩実は飯島のもとに駆け寄り、頭を下げた。

「いえいえ、私のほうこそちゃんと確認しなければならなかったんですけど。さすがにあれだけの規模の披露宴を担当して平常心ではいられなかったみたいです。すみません。あ、彩実さんは体調はいかがですか？　お疲れですよね」

「大丈夫です。ようやく結婚式が終わってホッとしてます。飯島さんのほうこそ、今日もお忙しそうですけど、大丈夫ですか？」

「慣れてるので大丈夫ですよ。花嫁様のために動き回ると元気になるんです。あ、ネックレスですよね。今お持ちしますので、こちらで待っていていただけますか？

飲み物もお持ちしますね」

飯島に促され、彩実はサロンのロビーに置かれているソファに腰を下ろした。

明るい雰囲気のロビーには見学に訪れたカップルたちも多く、みな幸せそうだ。

サロンの担当者からパンフレットを見ながら説明を受けたり、施設の見学に向かったり。

どの顔も明るく輝いている。

本来なら結婚したばかりの彩実も彼らに負けず幸せなはずなのだが、そういうものには一生縁がなさそうだと、苦笑いを浮かべた。

「あ、そうだ」

さっき飯島がメッセージを送ったと言っていたのを思い出し、彩実はバッグからスマホを取り出して確認した。

サイレントモードにしているので気づかなかったが、たしかに飯島からの【サロンでお待ちしています】というメッセージが届いていた。

そして、それ以外にも何件かのメッセージが届いているのに気づいた。

おまけに着信もあった。

それらはすべてこの数分間に届いた諒太からのものだった。

「……浮気の言い訳ならいらない」

三橋と並んで歩いていた諒太を思い出し、飯島のおかげで持ちなおしかけていた心がひどく痛んだ。

思えばこれまで何度も三橋から嫌な思いをさせられてきたというのに、諒太は彩実をかばうことなくただ眺めているだけだった。

昨日らせん階段で彩実が転げ落ちそうになったときも、三橋に注意したのは諒太ではなく忍だった。

そのときは、階段を落ちかけた恐怖と動揺でまともに考えられなかったが、今なら三橋が彩実に手を貸さずにいたのは、ホテルの従業員として思いやりが足りなかったと冷静に考えられる。

本来なら副社長の諒太も三橋を注意するべきだったのに、なにも言わなかった。

思い返せば思い返すほど、彩実はどんどん落ち込んだ。

お色直しで中座するたび電話をかけるほど仕事が立て込んでいて諒太は忙しそうだったが、いつも真摯に対応し、自信に満ちていた。

その姿は白石ホテルの後継者にふさわしい威厳が感じられ、遠目からでも見とれるほどかっこよかったのだが。

「恋は盲目？　三橋さんに甘すぎるのよ……」

彩実は諒太からのメッセージを確認することなく、スマホをバッグに戻した。

「お待たせしました。温かいコーヒーでよかったでしょうか？」

飯島がコーヒーをのせたトレイを手に戻ってきた。

「外は晴れているとはいっても寒いですからね。温まってください」

「忙しいのに、わざわざごめんなさい……あ」

彩実は飯島の隣に立っている、スーツ姿の男性に気づき首をかしげた。

「あ、こちらは総務部の赤坂《あかさか》です。昨日お忘れになったネックレスですが、ホテル内での忘れ物はすべて総務部がお預かりして、書類にサインをしていただいた後お返しすることになっているんです。お手数ですが、お願いできますか？」

彩実の目の前のテーブルにコーヒーを置きながら、飯島が申し訳なさそうに頭を下げる。

「もちろん大丈夫ですよ。こちらこそお手数をおかけしてすみません」

彩実は立ち上がり、飯島と、その隣の赤坂と紹介された男性に頭を下げた。

すると、トレイを胸に抱えた飯島が「重ね重ねすみません」と申し訳なさそうに言葉を続けた。

「実はこれから担当している披露宴に向かわないといけないので、ここは赤坂に任せてもよろしいでしょうか」

「あ、大丈夫です。すぐに行ってください。忙しい中ごめんなさい」

「本当にすみません。では、赤坂さんあとはよろしくお願いします」

飯島は何度も頭を下げ、彩実を気にかけながらも大急ぎでサロンを飛び出した。

「走るなっていつも注意しているのに……あいつは」

赤坂は飯島の背中を見ながら苦笑し、改めて彩実に頭を下げた。

「総務部の赤坂です。昨日は盛大な披露宴、お疲れさまでした」

三十代前半だろうか、ノンフレームのメガネが似合う落ち着いた雰囲気の男性だ。

「こちらこそお世話になりました。飯島さんには頼りっぱなしで、彼女のほうこそ今日は疲れているはずなんですけど……。忙しそうですね」

「ご心配は不要です。飯島は副社長の奥様の担当に指名されて以来、うれしくて舞い上がっていましたから。昨日は披露宴の後、燃え尽きた灰のようにぼんやりしていました。だから今は忙しいほうが彼女にはいいんです」

飯島のことを話す赤坂の表情はとても優しくて、ふたりは普段から親しいようだと彩実は感じた。

「あ、お忘れになったネックレスというのは、こちらで間違いありませんか？　ご確認いただきまして、間違いなければサインをいただけますか」

赤坂は手にしていたファイルから取り出した一枚の紙とペンを置き、そして、彩実が忘れて帰ったネックレスがのせられたベルベットのトレイをその隣に並べた。

彩実はソファに再び腰を下ろした。

「あ、これに間違いありません。昨日忘れたネックレスです」

心配はしていなかったが、いざ目の前にして、彩実はホッとした。

「お返しできてよかったです。飯島が何度も奥様がこれを身に着けているのを見ていたので間違いないとわかっているのですが、規則ですので、こちらに受け取りのサインをいただけますでしょうか」

赤坂の遠慮がちな声が申し訳なく、彩実は早速書類を確認し、サインをした。

まだまだ書き慣れない白石彩実という文字を複雑な思いで見つめていると、赤坂がトレイから丁寧にネックレスを手に取った。

「私でよければおつけしましょうか？」

「え？　いえ、後で自分でつけますので、大丈夫です」

にっこりと笑った赤坂に、彩実は胸の前で手を横に振った。

「また、なくされると大変ですよ」

「そうですね……でも、やっぱり」

彩実は男性からネックレスをつけてもらうのは親密すぎるような気がして断るが、
赤坂は彩実の言葉を聞き流し彼女の背後に回った。

「素敵なネックレスですね。今おつけしますからじっとしてください」

「で、でも」

顔だけでなく首もとも真っ赤に染めた彩実のうしろに立った赤坂が、ネックレスを
両手で持ち、彩実に体を寄せた。

「赤坂さん、あの……」

いよいよ赤坂が背後から彩実の首にネックレスをつけようとし、彩実はきゅっと目
を閉じて肩をすくめた。

そのとき。

「妻が面倒をかけたな」

彩実の頭上に、突然諒太の声が聞こえた。

慌てて目を開いて振り向くと、諒太が赤坂の手からネックレスを取り上げていた。

「おはようございます。副社長」

赤坂が諒太に軽く頭を下げる。

諒太が突然現れても平然としている赤坂の様子に、彩実は違和感を覚えた。

「飯島から連絡がありましたか？　お帰りになる前に間に合ってよかったです。それにしても、奥様が大切にされているネックレスをお返しできてなによりです」

赤坂は彩実と諒太を交互に見ながら目を細めた。

飯島の名前が出たが、彼女が諒太に彩実がここにいると伝えたのだろうか。

「諒太さん、わざわざここに来るほどの大切な用事でもあったんですか？」

「は？」

彩実の問いに、諒太は眉を寄せた。

彩実といるときの諒太はいつも機嫌が悪く、その理由も、普段なにを考えているのかもよくわからない。

今もわざわざここに諒太が来る理由が思い浮かばない。

きょとんとしたまま諒太を見つめる彩実に、赤坂がくすくす笑い始めた。

「奥様、副社長も来られたことですし、そろそろ私も仕事に戻らせていただきますね」

「え、あ、お忙しいのにありがとうございました。私も失礼させていただきますので どうぞお仕事に戻ってください」

彩実は慌てて立ち上がり、深々と頭を下げた。

「……では、失礼させていただきます。あ、副社長、そのネックレスは奥様がなによりも大切にされているものらしいので、子どもじみた感情でくれぐれも取り上げたりしないようにお願いしますよ」

赤坂は含みのある言い方で諒太にそう言うと、顔をしかめた諒太を気にすることなくテーブルの上の書類やトレイを手に取り、サロンをあとにした。

「行くぞ」

「え？」

諒太は赤坂を見送っていた彩実の手を掴んで立たせると、ふたりの様子を遠巻きに眺めていた従業員や客の間を抜けて、サロンを出た。

「あの、どこに行くんですか？　それに、そのネックレス、返してください。大切なものなんです」

諒太は彩実の手を掴んだまま歩き、誰もいないフロア最奥の角を曲がった。

そこにはエレベーターの扉があり、諒太が壁際にあるボタンの数字をいくつか押すと、すーっと開いた。

「乗れ」

一連の流れに驚く彩実を放り込むようにエレベーターに乗せると、続いて諒太も乗り込んできた。

「あの、どこに行くんですか。ネックレスも早く返してください」

「うるさい。そんなにこのネックレスが大切ならちゃんとしまっておけ」

頭ごなしに怒鳴る諒太に、彩実はムッとし黙り込んだ。

昨夜彩実をひとりにして三橋とひと晩を過ごすという勝手なことをしたのは諒太だ。

突然現れて彩実を怒るのはおかしい。

「諒太さん、早く返してください。それに、私は家に帰ります」

諒太は彩実の言葉を無視し、面倒くさそうに彼女に背を向けた。

エレベーターの扉は静かに閉まり、そのまま上昇を始めた。

階数ボタンを押していないのに動き出し、彩実は不安を覚えてきょろきょろと辺りを見回した。

「大丈夫だから落ち着け。これは俺が普段使っている部屋への直通だ」

「直通……？」

エレベーターは三十階に止まり、扉が開いた。

そこは客室が並ぶ廊下からかなり離れた奥まった場所で、人の気配もなくとても静

すと開いた。

目の前には客室だと思われる部屋の扉があり、諒太がセンサーにカードキーをかざ
かだ。

「え？　ここってどこですか？」

「さっさと入れ」

諒太はこわごわと中を覗き込んでいる彩実の背中を押しながら中に入った。

転がるように中に押し込まれた彩実は、明るく広い室内に目を細めた。

そこは二間続きの広い部屋だった。

「え？　ここって客室ですよね……？」

見回せば、広いリビングとその奥には寝室らしき部屋。

机やチェストなど、表面が艶やかで見るからに上質だとわかる木目調の調度品が配
置されていて、雰囲気は抜群だ。

ベランダに面した大きな窓からさんさんと日光が差し込み、駆け寄って外を見ると、
さすが三十階、規則的に整えられた大通りやオフィスビルが足もとに見える。

意外に緑も多く、その景色のよさに、彩実はしばらくの間見入っていた。

「あの、もしかして、諒太さんは今日ここに泊まるんですか？」

「いや、今日泊まるんじゃなくて、今日も泊まるんだ」

戸惑う彩実に、諒太はしれっと答えた。

「ここは俺が仕事で帰れないときに使っている部屋だ。もともとは父親が使っていたんだけど、俺が抱える仕事量のほうが多くなって以来、ほぼ俺が使ってる。まあ俺の隠れ家のようなものだ」

「隠れ家って……。それにしては広いし明るいけど」

突然こんな場所に連れてこられ、どういうことだと戸惑っていると、諒太のスマホが着信を告げた。

「もしもし。ああ、お疲れさま。……その件なら昨夜解決した」

諒太は彩実に気遣うことなく電話に出て話し始めた。

真面目な仕事モードの表情と声に変わった諒太の姿に、彩実のいら立ちも落ち着いてくる。

「あれ？　昨夜？」

今諒太が漏らしたその言葉が気になったが、まだまだ電話は終わりそうにない。

彩実はそのことは後で聞いてみようと、きょろきょろと部屋を見回した。

壁際に置かれた机にはパソコンが二台並び、脇には書類や雑誌が積まれている。

それに、部屋のあちこちにはあらゆるホテルのカタログが広げられ、いくつもの付《ふ》箋《せん》が貼られている。

そこには赤い文字で指示やチェックが入っていて、諒太がここで真面目に仕事をしているのがよくわかる。

諒太は隠れ家と言っていたが、隠れてのんびりするというよりも、隠れて気兼ねなく仕事に集中する場所のようだ。

諒太を見れば、部屋の真ん中に置かれたソファに座り相変わらず電話で話し込んでいる。

タブレットの画面を注視しながら笑みなく話す横顔には疲れも見え、肩書だけの副社長ではないと、彩実は気づいた。

これまでにも何度か思ったが、諒太のその姿は兄の咲也によく似ている。

大企業の後継者としての責任から逃げられず、何千人もの社員やその家族の生活を支えるためには、社員以上に力を尽くさなければならないのだ。

その運命を受け入れて淡々と、そして熱い思いを抱いて仕事に向き合うふたりの姿が重なった。

「でも……兄さんは怒りっぽくないし、優しいけど」

咲也を思い出しくすりと笑った彩実は、諒太に取り上げられたままのネックレスを思い出した。

お守り代わりに身に着けている咲也からもらった大切なネックレスだ、さっさと返してもらわないと落ち着かない。

彩実はたしか部屋に入るまでは諒太が握りしめていたはずだと思い、諒太に気づかれないよう気をつけながら、諒太が座っているあたりを見てみる。

「あ……」

電話がかかってきて、そのまま無意識に手放したのか、諒太が座っているソファの上に、無造作に転がっていた。

タブレットに視線を落としながら厳しい表情で話している諒太との距離、わずか三十センチ。

自ら取り返すには近すぎるが、諒太は話に夢中になっていてネックレスに背を向けている。

彩実はトライしようと決め、部屋をあちこち眺めるふりをしながら徐々にソファに近づいた。

そして、息を詰めソファの背もたれ越しにそっと手を伸ばしてネックレスを手に取った瞬間。

「きゃっ……」

諒太の手が彩実の手を掴み、そのままぐっと引っ張った。

「きゃーっ」

突然腕を引っ張られてバランスを崩した彩実は、そのままソファの背を越え、大きく倒れ込んだ。

「あ、あ、あの……」

気づけばソファに仰向けに転がり、ベージュの天井と、彩実の顔を覗き込む諒太の不機嫌な顔が目の前にあった。

「ち、ちが……ただこれを……返してもらおうと……」

眉をひそめる諒太にびくびくしながら、彩実は言い訳するが、諒太は彩実の手からネックレスを乱暴に取り返した。

「あ、私の……」

気落ちする彩実を無視し、諒太はスマホに向かって話を続けた。

「いや、なんでもない。妻が俺を脅かそうとして転んだみたいだ。……ああ、大丈夫。俺が仕事でひと晩家を空けたくらいで拗ねるような女じゃない。まあ、たまたまそれは結婚式の日だったけどな……。わかってる。ああ、なにかあれば連絡してくれ。じゃあ」

諒太は落ち着いた声でそう言って通話を終えると、スマホをテーブルの上に置いた。眉間のしわが深く、やはり怒らせたと彩実はたじろぐが、今はそれよりも気になることがあった。

「あの、仕事でひと晩家を空けたって昨夜のことですか？」

彩実は勢い込んで尋ねた。

「結婚式の日ということは、やっぱり昨夜ですよね」

立て続けに質問する彩実に、諒太はわずらわしそうに「ああ」と答えた。

「昨夜、あれから仕事をしていたんですか？」

「あ？」

まさかあり得ないとばかりにかぶりを振る彩実に、諒太は顔をしかめた。

「クリスマスと年末年始が近いこの忙しい時期に、結婚式の準備やらでずっと時間を取られていたんだ。おまけに披露宴には世界的に有名なマリュス家の面々が大挙してやって来たんだぞ。その警備の段取りやマスコミからの取材申し込みの対応なんていうのが増えて。ただでさえ仕事が山積みだったというのにわざわざ睡眠時間を減らしてまで、仕事以外になにをするっていうんだ」

「えっと……浮気？」

「はあ？　俺がそんなことをするわけないだろう」

彩実の言葉がよっぽど予想外すぎたのか、諒太は怒るどころか脱力し、ソファの背に勢いよく体を預けた。

「俺は、たとえ望んだ結婚じゃなくても裏切るつもりはない」

心外だとばかりに大きく息を吐き出した諒太に、彩実は傷ついた表情を浮かべた。

わかっていたが、彩実との結婚を望んでいなかったとはっきりと言われ、なにも聞かなかったかのように平気でいられるわけがない。

彩実は諒太に掴まれていた手が離れて自由になると、力なく起き上がった。

「それに」

諒太はソファの上で背を向け膝を抱えた彩実に顔を向けた。

「それに……俺は、誰かが大切にしているものを奪ったりもしない。これだって」

諒太はそこでいったん言葉を区切ると、テーブルの上に置いた彩実のネックレスを再び手に取った。

「このネックレスも、小関の御曹司が晴香さんのために用意したのが気に入らなくて横取りしたって聞いてるぞ」

「……え、なんですか、それ」

言葉の意味がわからず、彩実は体ごと振り返った。

「姉のためにって、どういうことですか？　これは……このネックレスは」

彩実は膝立ちで諒太に詰め寄り、顔を近づけた。

晴香の名前を再び諒太の口から聞かされ、心はいっぱいいっぱいだ。

「このネックレスは小関の御曹司からもらった……というより取り上げたんだろう？　君を通じて仲よくなった小関の御曹司から誕生日にプレゼントしてもらう予定だったのに、それを知った君が拗ねて取りあげたと晴香さんから聞いている。それがこのネックレスだろう？」

「……違います。ぜんっぜん違う」

彩実は両手をぐっと握りしめ、感情を抑えた声で答えた。

晴香はどれだけの嘘を諒太に言ったんだと、怒りで体が震える。

咲也からプレゼントされたとき、自分も欲しいと拗ねて咲也に無理やり買わせたのは晴香だ。

それなのに、よりにもよって忍の名前を出してまで嘘をついた晴香が信じられない。

「じっとしてろ。御曹司からのプレゼントがそれほど大切なら、返してやる」

諒太は低く抑えた声でそう言って、彩実の首にネックレスをつけた。

「旦那以外の男からもらったネックレスを、よくもそれだけ大切にできるな。それって体の関係はまだないかもしれないが、立派な浮気じゃないのか？　俺を疑う前に自分がちゃんとするべきだろう」

彩実にネックレスを返した諒太は、彩実の両肩に手を置いた。

「御曹司も実は君のことが好きなんじゃないのか？　階段から落ちかけた君を必死で助けるし、桜子に食ってかかるし。あの後、彼女の機嫌をとるのが大変だったんだぞ」

「……桜子って呼んだ」

「ん？」

彩実の感情を押し殺した低い声に、諒太は眉をひそめた。

「諒太さんだって……私のことは君とかお前って呼ぶのに、三橋さんのことは桜子ってたまに呼んでる。それに、彼女が私にきつくあたっても、気にも留めずかばってもくれないし、さっきだって、三橋さんと仲よく降りて来たし、昨日と違うスーツを着てるし。昨夜もここにふたりで泊まったんじゃないですか？　それって、立派な浮気じゃないんですか？」

「そんなことするわけないだろう。桜子は単なる同僚だ。さっきは取引先との打ち合わせで出るっていうから、社用車で送っていくところだったんだ。結局、俺は飯島から君が来てると電話があってホテルに戻ったから、今江が彼女を送っていったはずだ」

「あ、そう、なんだ……」

心外だとばかりに首を振る諒太の言葉に嘘はないようで、彩実は口ごもった。

「それにこの部屋には着替えも十分に用意してあるから、スーツを替えてもおかしくない」

「なるほど……」

彩実は自分の勘違いに恥ずかしくなり、気まずげにうつむいた。

「だ、だけど、私も浮気なんてしないし。それに、このネックレスはお守り代わりにしている、兄からのプレゼントで……。忍君とは長い付き合いだけど、大学時代からの単なる先輩後輩の関係で、そりゃあ、彼のことを尊敬してるし好きだけど」

彩実はこれまで諒太から忍のことを誤解され責められ続けてきた反動からか、いら立ちを抑えきれず、言葉も次第に荒くなっていく。

たしかに政略結婚するなら忍がいいと諒太に言ったことはあるが、だからといって、晴香の嘘に騙されて彩実だけでなく忍を傷つけるようなことを言われるのは納得できない。

「私だって、望まない結婚だとしても、諒太さんを裏切るようなことは絶対にしない。それほど姉の言うことばかり信じるなら、ずっと騙されていたらいい。私にはもう関係ない」

きっぱりそう言った彩実は、興奮して泣きそうになるのをこらえ、ソファから飛び降りた。

もう、諒太とはどうなってもいいとやけになった彩実は、さっさと家に帰ろうとソファの端に置いていたバッグを勢いよく掴んだが、慌てたせいでバッグの中からスマホがソファの上に転がり落ちた。

あっと振り返った瞬間、スマホが軽やかなメロディーを奏で、画面に「小関忍」という文字が表示された。

「あ……」

スマホを取ろうと伸ばした彩実の手が、止まった。

「御曹司から電話だぞ」

淡々とした諒太の声に、彩実はぴくりと震えた。

忍とは仕事でのつながりもあり、毎日のように電話で話しているし、もちろん諒太に聞かれてまずい話はしていない。

それでも、今このタイミングでの忍からの電話に、彩実は居心地の悪さを感じた。

いら立ちもすっと収まっていく。

「出ないのか？　俺に遠慮することはないぞ。　それとも、やっぱり御曹司のことが忘れられないとか」

「まさか」

挑発する諒太に彩実はむきになり、スマホを手に取り急いで電話に出た。

そして、これみよがしにスピーカーモードにすると「もしもし」と言いながらスマホを諒太の膝の上に置いた。

「は？」

予想外のことに諒太は目を丸くするが、彩実はそれを無視して床に腰を下ろした。

『もしもし？　彩実？　今いいか？』

「うん。大丈夫だけどどうしたの？　慌ててる？」

忍の声がうわずっているようで、なにかあったのかと彩実のほうこそ慌てて答えた。

『慌ててるというより興奮してる』

「え？　なに、どうしたの？」

言葉通り興奮し声も大きな忍に、彩実はさらに不安になり、諒太の膝にしがみついてスマホに話しかけた。

『俺、コンクールで大賞を獲ったんだよ。それで、やっとフランスの学校にも留学できることになった』

「本当？　きゃー、おめでとう。そろそろ発表だと思って気になってたんだけど。大賞なんてすごい。今までがんばってきた甲斐があったね」

忍が大賞を獲ったのは、世界各国から有名無名問わず、大勢の家具職人たちが参加している国際的に権威のある家具デザインのコンクールだ。

副賞でフランスにある家具全般の勉強をするための有名な学校に二年間留学できるということで、その人気は高い。

今年も世界各地から多数の応募があったようだが、その中で忍が大賞を受賞したと聞き、彩実はスマホに向かって何度も『おめでとう』と繰り返した。

『そこで、彩実に頼みがあるんだけど』

彩実がようやく落ち着いた頃、忍の神妙な声が聞こえた。

彩実は諒太の膝の上に頬杖をつき、スマホに向かって口を開いた。

「うん。なに？　あ、もしかして向こうで暮らす家のこと？」

『そう。そのことなんだ。前にもお願いしたけど、フランスの親戚にどこか紹介してもらえないかな』

「そのことなら昨日みんなが帰る間際にお願いしておいたから大丈夫。というより、紹介なんてしない、うちで暮らせばいいって言ってたよ。披露宴で忍君と話して、気に入ったみたい」

忍は今回のコンクールの結果がどうであれ、近いうちにフランスに留学すると決めていた。

今は忍の父もまだ現役の家具職人として仕事をこなしているが、この先年を重ねていけば、どうなるかわからない。

いったん家業から離れて留学するなら、今がベストなのだ。

だから、コンクールに応募したと同時に彩実に親戚の力を借りられないだろうかと相談し、彩実も何度か親戚と話をしていたのだ。

「マリユス家一同待ってますって」

『ありがたい。助かるよ。向こうでは勉強に集中したいから、申し訳ないけど今は遠慮なくその言葉に甘えさせてもらうよ』

ホッとした忍の声に、彩実もじわじわと喜びが沸き上がり、目の奥が熱くなる。

気づけば涙が頬を流れ、ひくひくとしゃくりあげていた。

手の甲でごしごしと涙を拭っていると、目の前に白いハンカチが差し出された。

「俺の足にしがみついたまま泣くな」

その声にはっと顔を上げると、苦笑いを浮かべている諒太と目が合った。

「すでにびしょ濡れだけどな」

「あ、ごめんなさい」

彩実は慌てて諒太の足から離れた。

忍のことで頭がいっぱいで、自分が諒太の足に抱きつくようにしがみついていたことに気づかなかった。

諒太の言葉に挑発されて怒り、思わずスマホを諒太の足の上に置いたが、あまりの恥ずかしさに体中が熱くなった。

「えっと、スマホは撤収します……」

恥ずかしさをこらえ、ハンカチで涙を拭いながらスマホに手を伸ばしたとき、またしてもスマホから思いがけない声が聞こえ、彩実は手を止めた。

『忍君、大賞を獲ったってネットで見たけど。フランスには私も絶対に一緒に行きます。だから今すぐ結婚しましょう』

その声が晴香のものであるのは、間違いなかった。

ここ最近、忍と晴香が婚約したとマスコミが騒いでいたが、そのたび忍は「結婚なんてするわけないだろう」と言っていた。

けれど、今日の前にいる晴香は、まるで忍とは相思相愛の恋人同士のように寄り添い、満面に笑みを浮かべている。

忍は気まずげな表情で彩実を気にしながらも、晴香を拒む様子はまるでない。

「誰に反対されても、私は忍君と結婚します。まさか私に白石ホテルの御曹司との縁談が持ち上がるとは思わなかったから慌てて彩実に押しつけて、彩実のところに行くはずだった忍君との縁談もつぶしたのに。あきらめるわけがないでしょう?」

リビングのソファに忍と並んで座っている晴香は、当然だとばかりにそう言って胸を張った。

彩実は晴香の言葉がすぐには信じられず、まじまじと彼女を見つめた。

彩実とともに話を聞いていた諒太も、晴香の話に一瞬息をのみ、目を見開いた。

忍と話していたはずのスマホから突然晴香の声が聞こえ、彩実はわけがわからないながらもスマホに向かって『今すぐふたりそろって説明しにきて』ときっぱり言ったのだ。

それから二時間が経った今、諒太とともに新居であるマンションに帰ってきた彩実は、リビングのソファに忍と晴香を座らせ、話を聞いているのだ。

聞けばこの一年、晴香はことあるごとに忍の工房を訪ね、食事に誘ったりふたりで出かけようと声をかけていたそうだ。

「俺も最初はびっくりしたんだけど、彩実の姉さんだし、そうそうむげにはできないから何度か食事に行ったんだ。あ、そのときに写真を撮られたりして、マスコミに注目されるようになったんだ」

申し訳なさそうに話す忍の言葉に、彩実は血の気が引いていくのを感じた。

晴香のことだ、彩実を困らせるために忍を振り回していたに違いなく、そんなことに巻き込んでしまった忍に申し訳ない。

「私と姉さんのせいで、迷惑をかけてごめんなさい。それに、コンクールで念願の大賞を獲ったのに、水を差すようなことを……」

彩実はソファから立ち上がり、忍に深く頭を下げた。

そして、晴香の前に立つと「いい加減にして」と声を荒らげた。

「私のことが気に入らないからって忍君を巻き込むことないでしょう。私のせいで姉さんが恋人と別れたのは事実だけど、だからって忍君を傷つけないで」

彩実は両手を強く握りしめ、怒りのあまり晴香を殴ってしまいそうになるのをぐっと我慢した。

「彩実、落ち着け」

諒太が興奮する彩実の肩を抱き、ソファに座らせた。そして、微かに震える体を落ち着かせるように、彩実の手を握りしめた。

「でも、姉さんが……」

彩実は晴香に視線を向けたまま、やるせない声でつぶやいた。

この二年、晴香にはさんざん嫌な目にあわされてきた。

如月家での彩実の立場が悪くなるよう賢一にあることないこと吹聴し、早く結婚させて家からも如月ハウスからも追い出すよう泣き落としたのも知っている。

ただ、彩実にはマリュス家という如月家よりも格上の名家がついているおかげで晴香の泣き落としは失敗に終わった。

それ以外にも彩実が大切にしている物を壊されたり取り上げられたりと子どもじみた嫌がらせを受けることも多かったが、それは我慢できたのだ。

晴香が恋人に裏切られたショックを乗り越え、恋人が実は如月家の女性と結婚できるなら相手が晴香でも彩実でもよかったのだという事実を受け入れられるようになれば、昔の晴香に戻ってくれると、そう信じていたからだ。

けれど、晴香の彩実への憎悪は次第に大きくなり、事実を話すことなど無理だった。

そんな中、諒太との見合いでは彩実に関する嘘八百を並べ立て、彩実が長い間親しくしている忍を巻き込み結婚するとまで。

「忍君を振り回すなんて……傷つけるなんて絶対に許さない」

彩実の震える声に、その場はしんと静まり返る。

忍はうつむき考え込み、晴香は唇をかみしめて彩実を睨んでいる。

「彩実、大丈夫だ」

諒太の凛とした声が響いた。そのこれまでになくきっぱりとした声音に彩実はハッとし、隣の諒太に顔を向けた。

諒太の表情は思いのほか穏やかで、混乱する彩実と違い落ち着いていた。これまでと違っているのは凛とした声だけではない。彩実に向ける感情そのものが違っていた。まるで安心したかのようなやわらかな空気をまとう諒太の雰囲気に、彩実は目を奪われた。

「驚いているのはわかるが、ひとまず話を聞こう。忍君と晴香さんにも言いたいことはあるようだし」

諒太は彩実の背中をなでながら落ち着くよう言い聞かせるが、彩実は静かにかぶりを振った。

「諒太さんにはわからない。この二年どれだけ私が悩んで苦しんで……」

彩実は二年前の出来事を思い出した。

晴香の恋人に押し倒され、スカートの中に手を入れられたときの吐きそうな思いは、今も忘れられない。

あの男が彩実に浮気を知られて逆上することなど、簡単に想像できたはずなのに、ひとりで片をつけようとした彩実は浅はかだった。今では彩実自身もそれを自覚している。けれど、あのときの出来事を、反省はしているが後悔はしていない。

あのとき晴香とあの男を別れさせていなければ、晴香の人生は滅茶苦茶にされていたはずなのだ。

もしもふたりが結婚していたらと想像するだけでぞっとし体が震えるほどだ。

「勝手なことばかり言わないでよ」

晴香が立ち上がり金切り声をあげた。

「どうして？　どうして彩実が苦しむの？　私から恋人を奪ったのは彩実でしょう？

お姉ちゃんお姉ちゃんって言って私を慕うふりをしながら、あの人を誘惑して……。悩んで苦しんだのは私のほうなんだから」

「姉さん……」

晴香ははあはあと息を吐き、顔を真っ赤にしながら唇をかみしめた。

負の感情のすべてをのせたようなすごみのある表情をまっすぐ向けられ、彩実は息をのんだ。

二年前のあの日以来、晴香は彩実とまともに顔を合わせようとしなかった。

久しぶりに彩実に視線を向ける晴香に、彩実はなんとも言えない懐かしさを感じていた。

どれだけ嫌がらせをされても、睨まれても、無視されても仕方がない。

理由はどうであれ、彩実が晴香を傷つけたのは事実だ。

それに、晴香を傷つけずにあの男と別れさせる方法はほかにもあったかもしれないと、今なら考えられる。

だから、晴香にどんなことをされても、二度と姉妹として笑い合えなくても我慢しなければとも思ってきた。

今も昔通りの仲がいい姉妹に戻れたわけではないが、晴香に視線を向けられるだけで、うれしい。

そう、本来の晴香の優しさを知っている彩実には、晴香を完全に嫌うことなどできないのだ。

そのとき、それまで黙り込んでいた忍が顔を上げ、心を決めたように口を開いた。

「彩実、もうあのことを晴香さんに話してもいいんじゃないか？」

「え……」

忍の言葉の意味を瞬時に察し、彩実は口ごもった。彩実とあの男との間に起こった出来事を忍は知っている。

そして、彩実があの男と話をつけると言い出したときに、力ずくでも止めればよかったと、忍は後悔し続けているのだ。

「このままじゃ、誰にとってもよくない。彩実や晴香さんはもちろん、彩実を誤解している諒太さんにとっても、もちろん俺にとっても」

断固とした声で話す忍に、この場にいる三人の視線が集まった。

すると、彩実の肩を抱いていた諒太が、ゆっくりと口を開いた。

「俺が誤解しているってなんの話だ？　まだ隠していることがあるってことだな？」

諒太は冷静な口ぶりでそう言うと、彩実の顔を覗き込んだ。

「晴香さんの恋人を奪ったというのも、なにか理由があるんじゃないのか?」

「え……あの、それは」

諒太のまっすぐな視線に、彩実は口ごもりうつむいた。

諒太は彩実の頬に手をあてると、親指で彼女の目尻を優しくなでた。

「姉の恋人を平気で奪うような女が、仕事で家に帰らない俺の浮気を疑って泣きだしそうな顔をするわけがない。まあ、拗ねてる顔もなかなかぐっときたが……」

「な、泣きだしそうって……そんなこと」

諒太の言葉に、彩実は一瞬で顔を赤くし反論しようとしたが、身に覚えがあって言葉が続かなかった。たしかに泣きそうになったし拗ねていた。

「えっと、私は、その」

諒太への思いを見透かされたのではないかと焦った彩実は、とにかく気持ちを落ち着かせようと息を整えた。

「彩実、やっぱり本当のことを話そう。そのほうがいい。彩実は今までひとりでよく耐えたと思う。そろそろすべて話して楽になってもいい頃だ」

彩実と諒太を気遣いながら、忍が口を開いた。

「でも、そんなことしたら姉さんが」

晴香にはまだ事実を受け入れる余裕はないと思い、彩実は力なく首を横に振った。

彩実への怒りを支えに生きている晴香が事実をどう受け止めるのかが不安で、まだ伝える自信がないのだ。

すると、諒太が静かな口調ながらも力強い声で言った。

「大丈夫だ。なにを隠しているのかはわからないが、晴香さんには小関君がついてる。それに、彩実には俺がそばにいることを忘れるな」

諒太は落ち着いた表情でそう言って、彩実を安心させるようににっこりと笑った。

「そう言われても……」

「ちょっと、三人でなにをわけのわからないことを話してるの？　本当のことってなんのことなのよ」

彩実と忍がふたりにしかわからない話を始めたのが気に入らないのか、晴香は忍の腕に再びしがみつき大声をあげた。

「彩実、また私から大切な人を横取りしようとしてるのかもしれないけど、だめよ。忍君は絶対に渡さないから。一緒にフランスにも行くし、絶対に離れない」

興奮したのか足をじたばたさせて暴れる晴香を、忍が抱き寄せた。

「大丈夫、大丈夫。彩実は晴香さんからなにも奪わないから、心配しなくていい。落ち着いて」

まるで呪文を唱えるように、忍は晴香の耳もとに優しくささやいた。

これが初めてではないのか、慣れたように晴香の長い髪を梳きながら「大丈夫」と繰り返している。

忍の胸に顔を埋めている晴香も次第に落ち着いてきたのか、荒々しかった呼吸が穏やかになっていく。

「もしかして、ふたりは本当に……？」

彩実は呆然とつぶやいた。

忍と晴香は、本当に結婚するのだろうか。

それに、フランスに晴香がついていくと言い張っているのは、彼女ひとりのワガママではなく、忍も納得していることなのだろうか……。

目を丸くしている彩実に、忍は照れたように小さくうなずいた。

「え……嘘。いつの間に……」

忍の手は晴香の頭を優しくなで続け、よく見れば、晴香の手は忍の背中を力いっぱい抱きしめている。

「そうだったんだ」

彩実は脱力し、バタンと倒れ込むようにソファの背に体を預けた。

彩実に対する嫌がらせでもなんでもなく、晴香は本当に忍が好きなのだ。

そして、忍も晴香を愛している。

「びっくりした……でも、だったら」

忍が言う通り、事実を晴香に伝えたほうがいいのかもしれないと思い始めた。

けれどやはり、長い間隠していた事実を伝えるのには勇気がいる。

頭では今こそその勇気を出すときだとわかっていても、どうしても晴香の反応が心配で、二の足を踏んでしまうのだ。

「彩実」

耳もとに諒太の声が響き、彩実はぼんやりと顔を向けた。

そして、いつの間にか腰に回されていた諒太の手に、強い力で引き寄せられた。

「あ、ごめんなさい。我が家のもめ事に、諒太さんまで巻き込んでしまいましたね」

「いや、それはかまわない。むしろ、俺もちゃんと聞かせてほしい。彩実と小関君が隠していることっていったいなんなんだ？　それに、俺が彩実を誤解しているというのも間違いないんだな？」

感情を抑えているのがわかる諒太の声を聞いて、彩実の胸はちくりと痛んだ。

自分が誤解していたと察して、動揺しているのだろう。

「諒太さんは、姉さんのことを気に入ってたから、そりゃ、ショックですよね」

諒太との縁談を彩実に押しつけたとまではっきり言われて、傷ついたに違いない。

おまけに忍と晴香が抱き合う姿を目の当たりにして、いい気分ではないはずだ。

忍の言う通り、このまま黙っているのは誰にとってもよくないのかもしれない。

そう思って落ち込んだ彩実に、諒太が「バカじゃないのか？」と言って額に軽くデコピンをした。

「痛いっ。なにするんですか、突然」

慌てて額に手をあてた彩実の腕を掴むと、諒太はあきれたように肩を落とした。

そして、彩実を抱き上げ膝の上にのせると、互いの額をゴツンと合わせた。

「俺が今心配しているのはお前だ。まあ、たしかに……見合いのときに聞かされた晴香さんの言葉をうのみにした俺が浅はかだったのは認める。だけど俺は最初、見合いの相手は彩実だと思ってたんだ。それが行ってみたら晴香さんがいて……。いや、今はそれはいいんだ。とにかく隠してることを洗いざらい全部話せ」

「あ……でも」

少しでも顔を動かせば唇が重なりそうなほど近くに諒太の顔があり、彩実は顔を逸らした。

厳しい表情の諒太には慣れているが、彩実を気遣う言葉やまなざしには慣れていないのだ。

「あ、あの、お茶を入れなおしてきます」

彩実は混乱する気持ちを振り払うように諒太の膝の上から飛び降りて、キッチンに飛び込んだ。

そしてシンクの縁に両手を突いて呼吸を整えていると、諒太も彩実を追いかけてキッチンにやって来た。

諒太は彩実の姿を認めると、小さく笑った。

「お茶を入れるなら俺も手伝うよ。コーヒーがよければ、とっておきの豆を挽いてもいいけど」

「そうですね、えっと、コーヒーでもいいかな……あ、私が入れますので諒太さんは戻ってください」

彩実はまっすぐ自分に向かってくる諒太から目を逸らし、コーヒーメーカーのあるテーブルに行こうとしたが、諒太の動きのほうが速かった。

「あのふたりなら、少しくらい待たせてもいいだろう？」

気づけば諒太は彩実を囲うようにしてシンクの縁に両手を突いていた。

「あの、諒太さん……お茶かコーヒーを……」

諒太の腕の中に抱き込まれた彩実は、うわずった声をあげてもがいた。けれど、諒太は逃がさないとばかりに彩実を抱きしめると、そのまま顔を傾けた。

「……んっ」

諒太の唇が彩実のそれに重なった。

彩実の体を包み込むように抱きしめ、離さない。

「や……」

諒太は呆然としている彩実の唇に強引に口づけ、何度か角度を変えてリップ音を響かせた後、最後に軽く唇の表面を吸って解放した。

「続きは今夜」

離れる瞬間の名残惜しそうなささやきに、彩実は反射的にうなずいた。

突然のキスに体が熱い。

彩実は目の前の諒太の顔をぼんやりと見つめ、息を整える。

頬を紅潮させ、瞳をうるませている彩実を、諒太がもの言いたげな目で見つめ返す。

「そんな顔をして、あのときも私の恋人を奪ったの？」

晴香の鋭い声がキッチンに響き、その場の空気が一気に冷たいものに変わった。

ハッと振り返ると、怒りを隠さない晴香がキッチンの入口に立っていた。

「なに幸せそうな顔でキスしてるのよ。私の幸せを壊しておいて、どうしてよ」

泣きだしそうな顔で叫ぶ晴香の姿が悲しくて、彩実は唇をかみしめた。

諒太はそんな彩実をゆったりと抱きしめ、励ますように背中をなでる。

「晴香さん、落ち着いて」

晴香を追ってきた忍が、彼女を背後から抱きしめた。

「忍君はどうして彩実と仲よくできるの？　私がされたこと、知ってるんでしょう？　なのにどうして。そんなに彩実がいいの？　だけど、とにかく私は絶対に忍君と一緒にフランスに行くから。彩実のことだから結婚したって、こっそりフランスに忍君に会いにいくかもしれない。私は絶対についていくから」

「晴香さん……。そんな子どもみたいにごねないで」

彩実と諒太のキスを見て再び怒りだした晴香に、忍は苦笑した。そして、子どものように騒ぎ立てる晴香の背中を軽く叩き、落ち着くのを待っている。

どこまでも晴香を温かく見守る忍の姿を見て、彩実も覚悟を決めた。

事実を知った晴香がそれをどう受け止めるのかはわからないが、このまま隠し続けるのは難しい。

それに今、晴香には、忍という強い味方がついている。

「諒太さん、大丈夫だから……」

表情を引き締めた彩実はゆっくりと諒太から離れ、リビングに戻った。

壁際に置かれたチェストの引き出しを開け、中からICレコーダーを取り出した。

そして、彩実を追うようにリビングに戻った晴香と忍、そして諒太とともに再びソファに腰を下ろした。

彩実の隣に座った諒太は、硬い表情の彼女を気遣うようにうなずいた。彩実も安心したようにこくりとうなずく。

「姉さんが忍君と結婚してフランスに行きたいのなら、それなりにがんばってもらわないと私は応援できない」

真面目な表情で話す彩実に、忍は首をかしげた。

「がんばるって、なにを？」

「フランス語」

忍の問いに彩実は即座に答えた。

そして、顔を真っ赤にして涙ぐんでいる晴香に向かって、淡々と言葉を続ける。

「姉さんがただのワガママでついていくだけなら、それって忍君の迷惑になるだけ。自分の力でなんでもこなしている忍君が、私の親戚に頼れる部分はすべて頼ってでも勉強に集中したいって言い出すほど今回の留学には意味がある。だから、誰にも忍君を邪魔してほしくない。せめてひとりきりでもフランスで生活できるくらいフランス語を話せなきゃ、ついていってほしくないの」

「な、なにを偉そうなことを……。彩実に関係ないでしょう？　忍君がいいって言ってくれたらそれでいいじゃない。ねえ、忍君」

彩実の言葉に激昂した晴香は、すがるように忍の顔を覗き込んだ。

「ねえ、ついていっていいんでしょう？　それに、私と結婚するって言ってくれた言葉を信じていいんでしょう？」

忍は一瞬切なげな表情を浮かべたが、すぐに口もとを引き締めた。

「結婚は、俺がフランスから帰ってきてからのほうがいいと思う。向こうでは勉強が忙しくて晴香さんのことまで気が回らないと思うし、彩実の言う通り、フランス語ができなくて困るのは晴香さんだよ」

冷静に話す忍に、晴香は黙り込んだ。

優しく人当たりのいい忍だが、その内面はかなり頑固で熱い。

一度決めたことは滅多なことでは覆さないのだ。

そんな忍の性格をわかっている晴香は、渋々ながらも彩実に視線を向けた。

「で、彩実は私をどうしたいの？　今からフランス語のレッスンでもしてくれるの？」

晴香の弱々しい声に、彩実の胸は痛んだ。

「うん。思い出したくないだろうけど、姉さんも二年前までフランス語の勉強をしていたから、ある程度は話せるだろうし、今から先生を探して勉強すれば二年も待たずにフランスに行けると思う。だから、レベルを知るために、フランス語を聴いてどの程度わかるか教えてほしいの。私と忍君が姉さんに黙っていたことは、それから話すから」

彩実はそこでいったん言葉を切ると、晴香の様子を確認するように見つめ、ふっと息を吐き出した。

「私にとってはできれば二度と思い出したくないことだから、少し気持ちを落ち着けてから話したい。だから少し時間が欲しいの……」

二年前の出来事を話すのには勇気がいる。

晴香がどう受け止めるのかが気になるのはもちろん、彩実にとっては思い出したくもないつらい出来事なのだ。

話したほうがいいと頭ではわかっていても、体はこわばり声も震える。

時間稼ぎの意味もあるが、まずは晴香のフランス行きの件を話し合って、それから二年前の話をしようと思ったのだ。

その間に気持ちを静めなければと、彩実は目を閉じた。

「彩実？」

彩実の苦しげな表情を、晴香が怪訝そうに見つめる。

「あ、ごめんなさい。まずはこれを聴いてみて。そして姉さんのフランス語のレベルを最終的に判断して、フランスに連れていくかどうかを決めるのは忍君。いい？」

彩実は気持ちを切り替えるように笑顔を浮かべ、手にしていたＩＣレコーダーを晴香に見せた。

ちょうど二年ほど前、フランスに留学したいと忍から相談された彩実は、フランス語習得の助けになればと考え、フランスに行ったときに親戚たちの日常会話をレコーダーに録音しておいた。

三十分ほど続くたわいもない会話だが、これが理解できれば学校の授業にもついていけるはずだと用意したのだ。

最初は苦戦していた忍も、勉強の甲斐があって今ではすべて理解できている。

「これはかなり役に立ったな。晴香さんも聴いてみれば？」

忍の明るい声に、晴香も渋々うなずいた。

「わかった。フランス語を聴いて、なにを話しているのかを言えばいいのね」

「そう。だいたいの意味でいいから、訳してほしいの」

「了解。だけど、それが終わったら、彩実と忍君が隠していること全部、ちゃんと教えなさいよ」

晴香は彩実に拒否は許さないとでもいうようなすごみのある声で確認し、すっと表情を引き締めた。

「じゃあ、流すから落ち着いて聴いてね」

彩実はICレコーダーをローテーブルに置いて、再生ボタンを押した。

すると、ノイズ交じりの声が流れ始めた。

その声は、荒々しく、言い争っているような男女の声だった。

彩実と忍が顔を見合わせ、首をかしげた。

「久しぶりに聴くから、調子が悪いのかな……」

確認しようと彩実がICレコーダーに手を伸ばしたとき、スピーカーから大きな音を立ててなにかが叩きつけられる音がしたかと思うと——。

《如月家の一員になるためなら、俺はなんだってする。姉でなくお前でもいいんだ。お前のほうが若くて綺麗だしそのほうが気持ちよさそうだな。俺の子どもを孕めばもう逃げられないぞ。俺も名家如月家の一員になれるんだ。ほら、おとなしくしろよ。俺が浮気していることを晴香に言いつけようとするからこうなるんだぞ。それに、俺に惚れきってるあの女がお前の言うことなんて信じるわけないだろ》

静かなリビングに、どすの利いた男性の声が響いた。

男は鼻にかかった特徴的な発音と癖のある言い回しながらも、流暢なフランス語で話している。

続いて聞こえてきたのは、争うような物音と平手打ちでもしたような鋭い響き。微かに悲鳴のようなものも聞こえてくる。

その直後。

『先生が来てるって聞いたんだけど』

ノックの音とともに聞こえてきたのは、まぎれもなく晴香の声だった。

「え、これって……」

静かな部屋に、誰もが予想していなかった音声が流れだし、彩実は息をのんだ。

それは二年前彩実を床に押し倒したときの男の声だ。

脅すような声音からは狂気じみた怖さも感じられ、とっくに忘れたと思っていた恐怖が彩実の心によみがえった。

「彩実？　この声って、あの人の声よね。それに私の声……」

とっさにICレコーダーの電源を切って呆然とする晴香に、彩実は「あ、あの……」と繰り返し、必死で首を横に振る。

忍は流れてきた内容に顔をしかめ、彩実に同情するような視線を向けた。

「違う。まさかこれが残っているとは思ってなくて……。消したと思ってたのに残ってたなんて」

真っ青な顔で慌てた彩実は、ソファから転げ落ちるようにして晴香のもとに這っていくと、彼女の手からICレコーダーを取り返そうと手を伸ばした。

けれど、彩実の背後から伸びた諒太の手が一瞬早くそれを手に入れた。

「諒太さん、やだ、それ、返して」

彩実は諒太に向かってこれまでになく甲高い声をあげ、ICレコーダーを取り戻そうとするが、興奮しているのか立ち上がろうとしてもうまく足に力が入らず、何度もラグに倒れ込んだ。

「彩実、いいから落ち着け。レコーダーは止めてあるから安心しろ。もう、お前を傷つけた男の声を聞くことは二度とない」

　諒太は、体を小さく丸めてうずくまる彩実を背中から抱きしめた。

　華奢な体を小刻みに震わせ、嗚咽する彩実を落ち着かせようと、ただぎゅっと抱きしめる。

「彩実、思い出したくないだろうけど、聞かせてくれ。晴香さんの恋人は浮気をしていたんだな。お前はそれをひとりで問いただしていて……暴力を振るわれたってことでいいんだな」

　怒りに震える諒太の声に、彩実はこくりとうなずいた。

「ちきしょう……っ。逃げられないとかふざけるな」

　諒太は今にもその男を見つけ出して殺してしまいそうな切羽詰まった表情を浮かべ、言葉にならない声をあげている。

　彩実から事情を聞いていた忍も、当時の生々しい音声を初めて聞いてしばらくの間言葉を失っていた。けれど、今耳にした諒太の言葉を思い出して、視線を上げた。

「白石さん、もしかしてフランス語が理解できるんですか？　今聞いた男の話し方、結構特徴があって聞き取りづらかったけど、ちゃんとわかってるんですよね」

　そうに違いないと確信しながら問いかけた忍に、諒太は振り返ることなく彩実を抱きしめたまま「ああ」とぞんざいに答えた。

「そうですか。だったら……」

この間のふたりの披露宴のとき、遅れて来た忍と彩実がフランス語で話していた内容も理解していたのだろうと、忍は気づいた。

モデルハウスに使うベッドの話をしていたのだが、傍らに立つ諒太の表情が次第にこわばっていくのを怪訝に思っていたのだ。

まさかフランス語が理解できるとは思わずベッドの話を続けたが、もしかしたら彩実との仲を怪しんだのかもしれない。

取り乱した彩実を必死で慰めている姿を見れば、諒太が彩実を愛しているのは一目瞭然だ。

その彩実が自分以外の男性と意味深な会話をしていれば、機嫌が悪くなるのも当然だろう。

こんな状況だというのに、忍はホッと息を吐き出した。

そのとき。

忍の隣で呆然と彩実の様子を見ていた晴香が、突然立ち上がり、我慢できないとばかりに大声をあげた。

「姉でなくお前でもいい？　彩実のほうが若くて綺麗？　それに孕めばもう逃げられない？　バカじゃないのあの男。そんなことを彩実に言うなんて、許せない。最低でクズ。なにが如月家の一員になれるよ、あのバカ。あーもう、腹が立つ」

叫ぶだけでは我慢できないのか、晴香はその場にしゃがみ込み、怒りをぶつけるように何度も手近にあったクッションをバンバンと叩いた。

「浮気してたなんて、ちっとも気づかなかった。それに、あの後よくも嘘を並べ立てて彩実を悪者にしたわね……だけど、騙された私のほうがもっとバカだ……。彩実、ごめん」

晴香はソファに突っ伏し、そのまま号泣し始めた。

自分を愛していると思っていた男性は単なるクズで、如月家の一員になりたいだけの最低な奴だった。

それに気づいた彩実は男に注意して、痛い目にあわされてしまった。

もしもあのとき晴香が書斎に行かなければ、彩実はどうなっていただろう。

晴香はそう思った途端、さらに涙があふれ出し、彩実への申し訳なさでいたたまれなくなった。

「晴香さん、さっきのフランス語、もしかして理解できたの？」

ソファに顔を埋める晴香を起こし、自分の胸に抱き寄せた忍は、諒太同様晴香もフランス語を理解できたのだと確信しながら問いかけた。

「うん……。忍君がいつかはフランスに留学したいって言ってたから、離れにこもってひたすら勉強してた。チャットで現地の人と話したりしてるうちに結構話せるようになったの。だから、フランスに連れてって」

ひくひくとしゃくりあげながら話す晴香を、忍はたまらず抱きしめた。

そのとき忍の視界の隅に、彩実を抱いて立ち上がった諒太の姿が見えた。

「玄関はオートロックだから、このまま適当に帰ってくれ」

彩実を横抱きにした諒太が、忍に声をかけた。

その苦しげな表情に、忍も胸が痛むのを感じた。

「わかりました。晴香さんを連れて、帰ります。あの、彩実のことよろしくお願いします」

忍は、彩実が胸にしまい込んでいる苦しみを自分なりに理解しているつもりでいたが、実際はなにもわかっていなかったことに罪の意識を覚えていた。

諒太に抱かれている彩実の弱々しい姿を見て、申し訳なさとともに頭を下げた。

「俺の妻のことで、君が頭を下げる理由はない。よく覚えておいてくれ」

横抱きにしている彩実の体をさらに引き寄せ、諒太は眉をひそめた。

「あ……はい。しっかりと、心に留めておきます」

諒太は忍の言葉を背中で聞きながら、彩実とふたり、寝室に消えた。

# 第五章　あなどれない旦那様

手触りのいい、優しいなにかに包まれながら、彩実は目を覚ました。

「あれ……」

ぼんやりと視線を動かすと、苦渋に満ちた表情で彩実を見つめる諒太と目が合った。

「気分はどうだ？」

「え、私……どうして」

覚醒していく意識の中、彩実は辺りを見回した。

そこは新居のベッドの中で、諒太に抱きしめられたまま眠っていたようだ。彩実は慌てて起き上がろうとするが、諒太がそれを許さない。

結婚祝いにと諒太の両親からもらったシルクのパジャマをふたりそろって着ているが、まさか諒太が着替えさせてくれたのだろうかと考えた途端、彩実は恥ずかしくて顔が熱くなるのを感じた。

「泣き疲れて眠ったんだ。慌てて起き上がってめまいでも起きたら大変だ。しばらくじっとしていろ」

諒太は彩実をぎゅっと抱きしめ、離そうとしない。

「諒太さん、あの、離してください、それに、どうして私……」

とにかく諒太の腕の中にいるのが恥ずかしく、どうにか起きようと諒太の胸を押し返してもびくともしない。

おまけに声はかすれて頭も重く、全身に漂う倦怠感。

思い通りにならない体に、彩実は諒太が言うように泣き疲れて眠ったことを思い出した。

なぜ泣いていたのかを思い出した途端、二度と聞くことはないと思っていた男の声がよみがえり、諒太の体にしがみついた。

諒太はすかさず彩実を抱きしめ返し、いたわるように背中を上下になでる。

「大丈夫か？　水でも持ってこようか」

彩実はぶんぶんと首を横に振ると、諒太が離れていかないようにさらに強くしがみついた。

これまでこうして諒太に抱きつくなど想像もできなかったが、今の諒太は彩実を拒んでいたいつもの彼とは違うような気がして、自然と素直になれた。

諒太は彩実以上に強い力で抱き返し、おまけに額に何度もキスを繰り返している。

キスをするたび「ごめん」と繰り返す言葉がくすぐったくて、彩実は体をよじった。過去のつらい思い出に落ち込んでいるというのに、時折笑い声をあげている自分が不思議でたまらない。

キスを避けるように諒太の胸に顔を埋めると、頬に触れるシルクのパジャマの極上の肌触りに、徐々に心は落ち着いていく。

彩実の笑い声にひとまず安心した諒太は、彼女の反応を気にかけながら口を開いた。

「二度とあの男の声を聞くことはないから、安心しろ。あんなろくでもない男の言ったことは忘れてしまえ。ＩＣレコーダーなら、リビングの花瓶の中に沈めておいた。二度と電源が入ることはないから大丈夫だ」

「……え？」

きっぱりと言いきる諒太の声に、彩実は少し間をおいておずおずと顔を上げた。

「諒太さんが、花瓶に放り込んだの？」

「ああ。あんなクズの声なんて二度と聞きたくもない。如月家に入り込むためなら彩実でも晴香さんでもどちらでもいいなんて、よくも平気でそんなことを」

怒りで声を震わせ、真っ赤な顔で唇をかみしめている諒太に、彩実は戸惑った。

「あ、あの」

「それに、彩実を孕ませるのは、俺だ。ほかの男が彩実に触れるなんて、考えるだけで腹が立つ。くそっ」

最初は彩実の反応をうかがいながら話していた諒太だが、次第に気持ちが高ぶり、彩実を胸に抱いたまま大声をあげている。

「は、孕ませるのは、俺……」

諒太が荒らげた声で口にした言葉に、彩実は「きゃー」と声をあげ、じたばたした。

あの男にそう言われたときは、恐怖を感じ、気持ちが悪くて吐きそうになった。

誰かに聞かれたらまずいと思っていたのか、彩実を脅す言葉はすべてフランス語で、言語特有の色っぽさや華やかさを冒涜《ぼうとく》するような癖のある発音に辟易《へきえき》した。

けれど、諒太の口から同じ言葉を聞けば、心は沸き立ち、体中に喜びが満ちていく。

諒太なら、フランス語で同じ言葉を言ってもサマになるだろうと、にやけそうになるのをこらえていると、ふとあることに気づいた。

ＩＣレコーダーから流れてきたのは、あの男がへたくそなフランス語で話した脅し文句。

それを聞いた諒太は目をつり上げて怒り狂っている……ということは。

彩実は、相変わらず男を罵倒し続けている諒太を見上げた。

「あの、諒太さん、まさかフランス語を話せるんですか」

「ああ。ちなみに英語とスペイン語も話せる。そういえば、さっき忍君も俺がフランス語を理解しているのを知って驚いていたな」

「そうですか……」

考えてみれば、最近、白石ホテルはフランスのリゾートホテルを買収している。その指揮をとっていたのは諒太だという記事を以前目にしたのを思い出した。

だとすればフランス語が理解できるのは当然だろう。

それまでにこやかに笑っていた彩実は、すっと表情をこわばらせ、再びベッドの中に潜り込んだ。

「彩実？」

いきなり様子が変わった彩実が気になり、諒太はそっと布団をめくって彩実の顔を覗き込んだ。

「どうした？　どこか具合が悪いのか？」

「ううん。違います」

手近にあった大きな枕に顔を埋め、彩実は力なく首を横に振る。

「だったらどうした？　俺がフランス語が理解できるのが嫌なのか？」

「嫌じゃないんです。……ただ、ICレコーダーに残っていたあの男の言葉、全部理解したんですよね」

クッションに顔を埋めたまま、彩実は問いかけた。

「ああ。ぶん殴ってやりたいくらいむかついた。それがどうしたんだ？　あ、彩実もあいつを殴りたいのか？　だったら白石家の力を総動員して居場所を突き止めて――」

「い、いいです。そうじゃないんです」

諒太が本気であの男を探し出して殴り倒しそうで、彩実は慌てて起き上がった。

その途端、待ちかまえていたように諒太は彩実の体を抱きしめた。

「昨日も思ったけど、軽すぎないか？」

諒太は心配気な声でそう言いながら彩実を背中から抱きしめ、ヘッドボードに体を預けた。

「諒太さん……あの、これって」

背後から回された諒太の手がおなかの上で組まれ、彩実は恥ずかしさのあまりおろおろする。

結婚したからといって、すぐになにもかもをスムーズにこなせるわけではないのだ。

これまでキス止まりでそれ以上のことはなにもしていない。

彩実をとことん嫌っている諒太とは、キスでさえこの先ないかもしれないと思っていたのだ。次に進む心の準備はまだできていない。

「今すぐ彩実を抱くつもりはないから安心しろ」

彩実の緊張を察したのか、明るい声で諒太が笑った。

「あ……そう、ですか」

その言葉に彩実は思いのほかがっかりした。

諒太もそれに気づいたのだが、耳や首もとまで真っ赤にしている彩実の姿を目の前にして、とりあえず今は抱きしめるだけで満足する。

「えっと、あの。ICレコーダーの件なんですけど」

彩実は諒太の明るい笑い声に後押しされ、口を開いた。

「あの男が言った言葉は、あの、最低でどうしようもなくて、私も考えが甘かったんですけど。それで、私、平手打ちされたし……足を……」

触られたと続けようとしても、なかなか言えず、彩実は口ごもった。

「あの、でも、それ以上のことはなにもなかったから。キスされそうになったけど必死で抵抗して。平手打ちされただけで、あとはなにも……だから」

胸の前で両手を組み、泣きだしそうになりながら話す彩実を、諒太は抱きしめた。

「わかってる。晴香さんの声が続けざまに入っていたし、なにもなかったのはわかってる」

彩実の体をあやすように揺らしながら、諒太が言い聞かせる。

「うん……」

彩実は神妙な声で話す諒太の言葉に、安心した。その一方で、さんざん彩実を誤解し厳しい言葉を投げつけてきた諒太への悔しさもあふれてくる。

「彩実？」

黙り込んだ彩実を、諒太は不安げに見つめた。

彩実は隠していた秘密をあきらかにした勢いも手伝って、これまで我慢していた諒太への想いが口を突いて出る。

「本当にわかってる？　諒太さんは、お見合いで会ってから一度も私に優しくしてくれなかった。それに私を信じないし私が姉さんの恋人を奪ったって誤解して責めるし忍君となにかあるって……浮気してるって怒ってたから。あの男のことも私が悪いって疑ってるかもって考えたらすごく落ち込んだ。でも、フランス語だから理解できないだろうし誤解されることもないって思ってたのに。フランス語が話せるなんて。どうしようって思って」

混乱するあまり、思いつくまま言葉を並べる彩実を、諒太は力ずくで正面に向けた。

焦点が合わない瞳を揺らし唇を震わせる彩実を見て、諒太は自分がこれまで彩実にぶつけた心ない言葉を思い出し、後悔した。

「彩実、ごめん」

どうにか声を絞り出した諒太は、彩実の体をかき抱いた。

「ごめん。見合いのときに晴香さんの言葉を信じた俺が悪いんだ。如月家の娘との見合いだって当日いきなり言われたから写真もプロフィールも見ず、仕事の合間に行ったんだ。それまでにもいくつも見合いの話が持ち込まれてたけど、一度も顔を出したことはなかった。だけど、如月家の娘だと聞いて、自分でもびっくりするくらい会うのを楽しみにしながらいそいそと行ったら」

「……行ったら？」

突然口を閉ざした諒太に、彩実は首をかしげた。

「……いそいそと、ほかの誰でもない、彩実と会うのを楽しみにしながら行ったら、そこに晴香さんがいたんだ」

「え？　私と会うのを楽しみに……見合い相手が私だと思っていた？　だって、お見合いの相手は姉さんだったのに」

きょとんとした表情で戸惑う彩実に、諒太は気まずそうに顔を赤らめた。

「如月家の娘って聞いたから、見合い相手は現社長の娘で如月ハウスに勤務している彩実だと思ってたんだ。そりゃ、彩実が来ると思うだろう」

「はあ……そうなのかな」

たしかに彩実は現社長の娘だが、彼女にしてみれば、如月家の頭領ともいえる賢一に孫だと認められている晴香こそが如月家の娘なのだ。

「まあ、俺が彩実に会いたかったから、そう思い込んでいただけなんだけど。とにかく、行ったら晴香さんがそこにいて、おまけに彩実から俺との見合いを譲れと言われてるだのつらい目にあわされてるだの言われて。あのときの彩実はいったいなんだったんだって。かわいさあまって憎さ百倍だ。記憶の中の彩実を消してしまいたくてつらくあたってしまった……。本当に悪かった」

顔を赤らめ自分の勘違いを心から後悔している諒太がかわいくて、彩実はふふっと笑っていたが、しばらくすると、聞き逃した言葉の中に、とても大切なものがあると気づいた。

「え、諒太さんが私に会いたいと思っていた？　記憶の中の私？」

ぽつりとつぶやいた彩実の頭を、諒太は軽くポンと叩いた。

「忘れたのか？　三年ほど前に俺たち会ってるだろう？」

「え、覚えてるんですか？」

突然三年前のことを持ち出され、彩実は目を見開き、驚きの声をあげた。

「ああ。まあ、正直に言えば、見合いの話があるまでとくに思い出すことはなかったんだが。忘れたわけじゃなかった。今じゃこんなに綺麗になって、仕事もバリバリこなすいい女になってる。彩実のこの三年を見逃していたことを後悔した」

苦笑いを浮かべた諒太に、彩実は目を潤ませた。

三年前の謝恩会のときに、体調を崩した彩実をホテルの一室に連れていき広いベッドで休ませてくれた。

ドクターの診察が終わった後も、体調が回復するまでその部屋で休ませてくれたうえに、大切なあの腕時計をくれた。

「そんな、覚えてたって……嘘。諒太さん、再会してからそんなことひと言も言わなかったし、腕時計のこともそうです。私にくれたものと同じ腕時計を諒太さんの腕に見て、いつか返さなきゃって思ってたからハッとしただけなのに、ひどいことを言うから……。やっぱりあの日のことは覚えてないんだってショックだったんです」

思い返すように静かな口調で話す彩実に、諒太は慌てた。

「あー、悪い。本当にごめん。小関家具の御曹司となにかあるんじゃないかと思って、イライラしてたんだ。子どもじみたやつ当たりなんて、情けないよな。ごめん」

「八つ当たり……なんだ……そっか」

忍に嫉妬するなど本当に子どもっぽいが、それを言われていい気分にならない女性は滅多にいない。

これまでとは別人のように照れている諒太を見ながら、彩実は心が温かくなった。

「忘れてなかったんですね。よかった……」

彩実にとっては初めて男性にときめいた大切な思い出だ。諒太にもちゃんと覚えていてほしかったのだ。

当時を思い返し、頬を緩めた彩実に、諒太はなぜかうなだれている。

「忘れているのは彩実だ」

「そんな、ちゃんと覚えています。でも、諒太さんが忘れてると思ってたので、どうしても言い出せなかったんです」

「そうだったのか……でも、昨日連れていったホテルの俺の隠れ家のことは忘れてただろう？　三年前、あの部屋で彩実を休ませたんだ。まったく気づいてなかったよな」

諒太はがっかりした声でそう言うと、大きく息を吐き出した。

「昨日の隠れ家が、あの時の部屋……。そうだったんですね」

思い出したようにつぶやく彩実に、諒太は力なくうなずいた。

「そう、あの時の。だけど、体調が悪くてもうろうとしていたし、覚えてなくても仕方がない……あー、俺はなにをムキになってるんだ。大人げない。ネックレスのことだって……」

「ネックレス？」

彩実の問いに、諒太は一瞬口ごもった。つい口が滑ったようだが、答えを待つ彩実の視線に降参したように、渋々口を開いた。

「実際はお兄さんからのプレゼントだったけど……。小関の御曹司にもらったネックレスをわざわざホテルに取りにきてるって勘違いして腹が立ってたんだ。それなのに、飯島に連絡をもらってサロンに行けば、赤坂が彩実の背後から抱きつこうとしてるし」

「え？　抱きつく？」

「いや、近づいてみるとネックレスを首にかけてるだけだったけど。いや、それも気に入らないんだ。俺にさせろよと思った途端、我慢の限界で。思わずあの部屋に連れ込んだ。だけど、まったくあの日のことを覚えていないから、さらに逆上してしまったんだよな。返すがえす申し訳ない」

その場で姿勢を正した諒太が深々と頭を下げた。

「いえ、そこまで謝ってもらわなくても大丈夫です。私のほうこそ、あの時の記憶が曖昧で、きちんとお礼が言えなくてすみませんでした。時計も返せないままで……」

あの日、熱でぼんやりしていたせいか、広いベッドに寝ていたことしか記憶にない。

彩実は自分の記憶力のなさと、諒太と再会してからのかたくなだった自分を振り返り、落ち込んだ。

諒太と見合いで再会したときに、あの日のお礼をきちんと言えばよかったのだ。

そうしていれば、晴香の嘘を信じ込んでいたとはいえ、彩実の話に冷静に耳を傾けてくれたかもしれない。

「今さらだけど、あのときはありがとうございました。私、諒太さんのことをずっと忘れられなかった。あー、もう……もっと早く言えばよかった。後悔ばかり」

彩実はこれ以上後悔したくないと思い、震える声で自分の思いを口にした。

「彩実……俺だって。初めて会ったときの、彩実に惹かれた気持ちを信じていれば、見合いの後すぐにでも彩実と幸せになれたのに。後悔ばかりだ」

諒太は再び彩実を抱き寄せ、力強く抱きしめた。

「く、苦しい……」

あまりにも強い力で抱きしめられ、彩実は小さく呟き込んだ。

それでも諒太は彩実を離そうとせず、次第にバランスを崩したふたりの体は、ずるずるとベッドに倒れ込んだ。

「彩実。傷つけてばかりで悪かった」

諒太は仰向けに寝転んだ彩実の体に覆いかぶさると、彩実が逃げ出さないよう、彼女の頭の両脇に肘をついた。

「諒太さん、あの」

彩実は目の前の諒太から目が離せず、おまけになにを言えばいいのかわからない。立て続けに思いもよらないことばかりを聞かされて、正直、なにから受け止めればいいのか、見当もつかない。

瞬きを繰り返し、激しく打つ鼓動の音をひたすら聴いている。

諒太は彩実の目もとに唇を這わせ、何度も「ごめん」と「好きだ」を繰り返す。

「は……ん」

諒太の手がいきなり彩実の胸の先端に触れ、体が跳ねると同時に甘い声が部屋に響いた。

思わず両手で口を覆った彩実に、諒太は動きを止めた。

「なあ、このまま彩実を抱いて、俺のものにしたい」

「え……」

耳を刺激する諒太の唇が、顔から首もと、そしていつのまにかはだけていた胸もとに下りていく。

唇が触れていく部分すべてが熱を帯び、彩実はもじもじと体を揺らした。

「でも、私、初めてで」

昨夜出かけたきり帰ってこなかった諒太には、彩実を妻として受け入れるつもりはないのだろうとあきらめていた。

「諒太さんが浮気してると思ってたし、私を欲しがるなんて思ってなくて。それに」

昨日の怒涛の展開に、彩実は泣き疲れてメイクすら落とさず寝てしまった。

初めて諒太に抱かれるのなら、シャワーくらい浴びて綺麗な体で抱かれたい。

「やっぱり、今は無理」

彩実はそう叫んでベッドから飛び降り、「ごめんなさい。とにかくシャワーを浴びてきます」と叫びなら寝室を飛び出した。

その慌てふためく様子にしばらくの間呆然としていた諒太は、次第にこみ上げてくる笑いをこらえきれず、体を震わせ思いきり笑った。

そして、すべてを脱ぎ捨てた自分が突然バスルームに入ってきて驚く彩実を想像しながら、彩実の後を追った。

その足取りは弾んでいて、彩実の初めてをどうやって忘れられないものにしようかと、口もとを緩ませバスルームへと向かった。

翌週、住宅展示場が無事にリニューアルオープンした。そこでは彩実と忍が完成したばかりのモデルハウスの前でにこやかに客を迎えていた。

仕事以外でもふたりはかなり忙しい。

何着もの華やかなドレスを身にまとった彩実の美しい姿や、盛大な披露宴が大きな話題を呼んだことで、夫婦そろってマスコミに追いかけられる日々を送っている。

世界的なコンクールで大賞を獲った忍は、その偉業だけでなく見た目のよさも注目されて、あらゆるメディアでその顔を見ない日はないほど、人気を集めている。

そんなふたりを目あてにマスコミも詰めかけ、早朝から囲み取材を受けた。

商品の宣伝にもなるということで会社からはどんどん取材を受けろと言われている彩実は、最近では目の前にどれだけのマイクが並んでも平気になってきた。

慣れとは恐ろしいと、しみじみ感じている。

若い世代向けの住宅と、小関家具自慢の商品。

双方の評判はかなりいい。

忍は来春からのフランス留学が決まり、来週初めて彩実の親戚に会いにフランスに行くことになっている。

その準備を手伝う中で、彩実も久しぶりにフランスの親戚や知り合いに会いたくなった。そして諒太とも相談し、忍と同じタイミングでフランスに新婚旅行に出かけることにした。

ただ、そのために前倒しで処理しなければならない諒太の仕事量は半端なものではなく、連日日付が変わってからの帰宅が続いている。

彩実と飯島は披露宴以降も頻繁に連絡を取り合い、今では時間を合わせて食事に行く仲だ。

先日、小関家具のファンである飯島のたっての希望で忍を交えて三人で食事に行った。好奇心を隠さず忍との会話を楽しむ飯島から、彩実はこれまでにも社内外からの評判が悪かった三橋が、白石ホテル系列のレストランに出向となったと聞かされた。

そのとき飯島は、三橋の父親が白石ホテルの大口取引先の社長であることから、諒太が彼女の扱いに慎重になっていたとも言っていた。

『三橋さん、階段から落ちそうになった彩実さんを助けた小関さんに、手を貸さなかったことを責められて逆切れしましたよね。実は副社長、その日のうちに社長を説得して、三橋さんをさっさと地方に異動させたんですよ。それまで三橋さんが身勝手なことを繰り返しても静観していただけだったのに。本当、彩実さんは愛されてますよね。うらやましい』

飯島のからかう声に彩実は顔を赤くしうつむいたが、実は諒太の行動がうれしくて密かに笑みを浮かべていた。

そんな意地悪な自分を、そのときばかりは「仕方ない」と認めながら。

そして。

忍や彩実たちがフランスに行くことを知った晴香が、自分ひとりで留守番をすることに納得するわけもなく。

《もちろん私も行くわよ》

フランス語でそう言って、忍を苦笑させていた。

あの後彩実への誤解を泣きながら謝り反省した晴香は、忍とともに帰国する二年後に結婚すると宣言し、フランス語だけでなく小関家具についても学び始めている。

「いらっしゃいませ。中に入っていただいて、ゆっくりとご覧ください」

彩実はモデルハウスを見学に訪れた客にパンフレットを渡した。

「あ、もしかしたら白石ホテルの御曹司と結婚した、えっと……彩実さん？　テレビで見るよりもかわいらしいのね」

「あは、ありがとうございます」

マスコミの力はやっぱりすごいと思いながら、彩実はモデルハウスを見上げた。

この仕事に携わったおかげで見合いを強制されて諒太と再会し、そして愛され、今は幸せに楽しく暮らしている。

冬の日差しが心地いい展示場で、彩実は幸せをかみしめた。

「今何時だ？　そろそろ俺は工房に戻る。フランスに行くまでに終わらせる仕事がかなり多いんだ。うちの商品のことでお客様から質問があったら、職人を何人か残していくから、彼らに聞いてもらえるか？」

申し訳なさそうに言った忍に、彩実は「わかった。気をつけて帰ってね」と言いながら腕時計で時間を確認した。

紺色の文字盤と深紅の三針が目を引く立派な腕時計だ。

今の時刻を忍に伝えながら、シリアルナンバー０５のそれと対になった腕時計を身に着けている諒太を、思い浮かべた。

諒太と彩実の披露宴の様子をテレビやネットで見た有名女優から、ぜひ自分も白石ホテルで披露宴をしたいと連絡があり、今日はその極秘の打ち合わせがあるらしい。

もとより高級ホテルとして名高い白石ホテルだが、これでますますマスコミからの注目を浴び、さらに知名度が上がるのは間違いない。

そのせいで諒太の仕事量が増えるのは考えものだけど……と、彩実はほんの少し切なくなる。

そして、腕時計のストラップに隠れている赤いキスマークを思い出しながら、早く帰って諒太に抱きしめられたい……と思う。

抱きしめるだけでなく、キスするだけでなく、いつものように熱烈に抱いてほしいと。仕事中だというのに、そんなことばかり考えてしまう彩実の体のほとんどの場所には、諒太がつけた赤いキスマークが残されているのだった。

完

# 特別書き下ろし番外編

# 甘いキスとまばゆい花火

諒太が白石ホテルの社長に就任してから半月が経った、七月中旬。

昨日今日と、ホテル近くの川沿いで大きな祭りが催されている。

最終日の今日は花火が打ち上げられるということもあり、国内外から大勢の観光客が訪れている。

五百年以上続いているこの祭りのハイライトともいえる花火大会は、一万発の花火が夜空を彩り、百万人以上が歓声をあげる一大イベントだ。

毎年、大会のメインスポンサーである白石ホテルの社長夫妻には特別席が用意され、彼らは目の前に広がる美しい花火を楽しむことができる。

今年社長に就任した諒太と彩実にももちろん招待状は届き、ふたりは浴衣を新調して今日を心待ちにしていた。

ふたりが花火大会を現地で楽しむことを聞きつけたマスコミは、事前にホテルに囲み取材を申し入れ、ホテル側は警備の問題上、ホテル以外での取材は禁止という条件でこれを承知した。

いよいよ花火大会に向かうためにロビーに姿を現したふたりを、待ちかまえていた取材陣が取り囲んだ。

「お待たせいたしました」

総務部の赤坂が諒太と彩実をロビーの片隅に誘導し、取材が始まった。

彩実と諒太はたくさんのカメラに笑顔を向ける。

すると、ふたりの浴衣姿に、いっせいにカメラのフラッシュが光った。

彩実の着ている紺色の浴衣には淡いピンクの桜模様が全体に広がっていて、よく似合っている。桜の色と同じピンクの兵児帯《へこおび》はふんわりとした花結びで、これもまた華奢でかわいらしい彩実の雰囲気にぴったりだ。

諒太は、その愛らしい姿をひと目見て以来、今回もその美しさが話題となりネットのランキング上位に彩実の名前が入るに違いないと確信している。

そして、普段マスコミの前にはスーツ姿で立つことが多い諒太も今日は浴衣を着ている。

グレーにストライプのラインが施された浴衣は品がよく、黒い帯との相性も完ぺき。

ふたりの華やいだ姿に、取材に集まった五十人ほどの記者たちから熱い視線が向けられている。

「今年の大会では終盤におふたりのご結婚をお祝いする特別な花火が打ち上げられますが、いかがですか？」

傍らに立つ女性記者の質問に、諒太がうれしそうに目を細める。

「歴史ある花火大会で私たちの結婚をお祝いしていただけるなんて、光栄です。妻とふたり、お話をいただいてからずっと楽しみにしていました」

諒太はそう言って彩実に視線を向けた。

昨年末に結婚してから半年以上が経ち、そろそろ落ち着いてもいい頃だが、諒太の表情は甘く、彩実のことが好きで好きでたまらないと訴える視線は強力だ。

まだまだ新婚気分が抜けていないとすぐにわかる。

そんな、妻への愛情を隠そうとしない諒太に、記者たちは苦笑した。

ふたりは結婚してから何度か公の場に立つことがあったが、記者たちはそのたび今のように諒太から〝妻以外のことは後回し〟とでもいうような表情を見せつけられ、明日のワイドショーはこの極上の男の話題で各局盛りあがるだろうと、予想するのだ。

例に漏れず、今日もロビーに登場してからというもの諒太は絶えず彩実を気にかけ、愛しげに見つめている。

よっぽど彩実の美しさを見せびらかしたいのだろうと、記者たちも慣れたもの。

「彩実さんは、ご結婚されてからますますお綺麗になりましたね。やはり素敵な旦那様から存分に愛されているからですね」

そう言ってからかうのを忘れない。からかうといっても、それは事実に違いなく、もともと綺麗な彩実がさらに美しくなったのを誰もが認めている。

「えっと……。そ、そうですね。綺麗になったのかどうかはわかりませんけど、ちゃんと愛されています。あ……っ、いえ」

つい口を突いて出た本音に、彩実はあわあわと焦る。その姿も記者たちの笑顔を誘い、諒太もにこやかにうなずいた。

彩実がどんな顔をしてもなにを言っても、かわいくて仕方がないのだ。

「私も、素敵な妻から存分に愛されて、さらにかっこよくなったと思いませんか？」

諒太は照れてうつむく彩実の腰を抱き寄せ、記者たちを見回した。

彩実とは対照的に、いっさい照れることなく胸を張る諒太に、記者たちから「おっしゃる通りです」「ご結婚以来ますますかっこよくなられましたよ」と、からかい交じりの声がかけられる。

「ですよね、やはりわかりますか？　妻のおかげで心身ともに充実していて、毎日が楽しくて仕方がないんです。社長になれば忙しさやプレッシャーでやつれてしまうのではないかと心配していたんですけど、そんな心配は無用でしたね。妻がいるだけでなにもかもが順調に進み、怖いくらいです」

「りょ、諒太さん、そこまで言わなくても……恥ずかしすぎます」

記者たちに真顔で話す諒太に焦った彩実が、慌てて顔を上げた。

その手は諒太の浴衣をぎゅっと掴み、顔は真っ赤。上目遣いの色っぽさも相まって、その美しさに辺りは一瞬静まり返った。

これはまた愛されている奥様だなと、その場にいる誰もが彩実に見とれる。

その中で誰よりも彩実を愛しげに見つめているのはもちろん諒太で、それだけでなく誰よりもこの場の空気が読めていないのも諒太だ。

とにかく今は、彩実のこと以外どうでもいいのだ。

諒太は顔だけでなく首筋まで真っ赤にしている彩実を見つめながら、言葉を続けた。

「妻とふたりで外出するのも久しぶりですけど、花火を楽しむのは初めてですし、かなりワクワクしてます。それに、初めてデートに出かけるような新鮮な気持ちです。なんだか子どものようですね」

心底楽しそうに話す諒太の手は当然のように彩実の腰に回されていて、彩実は「もう、いいから」とつぶやいて両手で顔を覆った。

緩く編み込んだ三つ編みが彩実の背中で小さく揺れ、諒太は思わずそこに唇を寄せそうになるが、目の前の記者たちにわざわざ見せて喜ばせることはないかと我慢した。

それでも、うつむいた彩実の襟足に昨夜諒太が残したキスマークがちらりと見え、おまけに彩実の口から漏れ出たかすれた声まで思い出し、諒太は口もとを緩ませた。

「ご結婚されて半年が経ちましたが、彩実さん、新婚生活はどうですか？　お仕事を続けられていますけどお忙しくないですか？」

記者からの質問に、彩実は顔を上げた。

「あ、あの、仕事は忙しくてなかなか諒太さんのサポートまで手が回らないんですけど、どうにか新しい生活に慣れてきたところです」

彩実は照れて火照った顔を気にしながら、記者たちにぎこちない笑顔を向けた。

小関家具とコラボしたモデルハウスが評判を呼び、商品の売り上げも好調だということでコラボ第二弾の企画が進行中なのだ。

それも全国五カ所の展示場がその対象で、入社以来最も忙しい毎日を過ごしている。

おかげで諒太と過ごせる時間はほとんどなく、彩実は申し訳ない思いでいっぱいなのだが、諒太は彩実専属の運転手と車を用意し、通勤のサポートまでしてくれている。

本来なら彩実が諒太のバックアップをしたいところなのに、現実的にそれは難しく、今は諒太の優しさに甘えさせてもらっている。

諒太にとっては、通勤時に自分以外の男性の目から彩実を守ることができ、そのほうが安心で、苦労でもなんでもない。

「如月ハウスもお兄様の咲也さんが近々社長に就任されると発表がありましたし、両家ともに順調でなによりですね」

「はい。ありがとうございます。真面目で働き者の兄のことですから、ますます会社を大きくしてくれると思います」

来年、咲也が社長に就任することになり、晴香も忍とともにフランスでの生活を始めたことから、これで如月家もひと区切りがついた。

おまけに彩実と諒太の結婚により、望み通りに白石家とのつながりを強固にした彩実の祖父、賢一は、潮時だと言って会社から完全に退くことを決めた。

突然の決断に周囲は驚いたが、引退後しばらくの間フランスに居を移すと言い出したときには、如月家始まって以来の大騒動となった。

聞けば、賢一は彩実の披露宴でマリュス家の面々の朗らかな人柄と温かさを知り、もう少し彼らとともに人生のひとときを楽しみたいと感じたそうだ。

年明けの渡仏に備え、フランス語の勉強も始めたらしいが、幼い頃から如月ハウスを背負う運命を粛々と受け止めていた賢一にとっては初めて自分の意志で決断した未来。社長の座を退いた頃に他界した彼の妻がフランス好きだったこともあり、周囲がびっくりするほど生き生きと毎日を過ごしているらしい。

「白石社長、彩実さんが作る料理でなにが一番お好きですか？」

彩実の首もとのおくれ毛を指に絡めて遊んでいた諒太に、記者たちからマイクが向けられた。

諒太はそんな質問など簡単だと、表情を変えることなく口を開いた。

「チーズたっぷりのオムレツ、ハンバーグ、エビフライ、シュウマイ、ヒラメのムニエル。あ、おひたしや煮物もおいしい。まあ、彩実が作るものならなんでもおいしいから、一番なんて決められないな」

指折り数えて真剣に話す諒太に、周囲からはくすくすと笑い声が漏れる。

整いすぎた男前の口から出てきたのは子どもが好きそうなものばかり。ふたりが食事する様子が想像でき、記者たちの顔に笑みが浮かんだ。

「忙しい中毎日弁当も用意してくれるし、妻は私にはもったいないほどのいい女です」

しれっとそう付け加えた諒太を横目で見ながら、彩実は恥ずかしさのあまり顔をしかめた。

心を通い合わせて以来、諒太が自分の想いを口にするのは日常茶飯事で、彩実を好きだと何度も言っては彼女を困らせている。

今のように、困らせる相手が記者たちというのもよくあることだ。

どう見ても、疑いようもなく、諒太は彩実を愛しているが。

今のそんな諒太と、それまでの意地悪な言葉ばかりを彩実にぶつけていた諒太との違いを考えるたび、彩実は「これは夢ではないか？」と思ってしまう。

そしてそのたび、夢だとしても絶対に離れないと、ぴったり諒太にしがみつく。

今も彩実は諒太の言葉に照れながらも幸せすぎて、これが現実だとは信じきれていない。

これは夢で、目が覚めたら諒太との見合いすら単なる彩実の妄想で、ふたりに縁などなにもない、なんてことになってはいないかと苦しくなる。

「諒太……」

彩実は諒太の背中に腕を回し、きつく寄り添った。

「ん？　どうした？　慣れない下駄のせいで疲れたのか？」

諒太は自分の胸にこてんと頭を預けた彩実の顔を覗き込んだ。

「それとも、浴衣の帯が苦しいのか？　だったら部屋に戻って俺が脱がせて――」

「い、いえ、それは大丈夫ですから」

諒太なら本気で部屋に戻って浴衣を脱がせてしまいそうだと思い、彩実はぶんぶんと首を横に振り、諒太の言葉を遮った。

諒太は小さく肩をすくめ「それは残念。まあ、脱がせるのは今夜のお楽しみだな」としれっとつぶやいた。

花火を楽しみにしているのはたしかだが、やはり彩実とふたりきりの時間はなににも代えられない。本気で部屋に戻ってもいいと考えていた諒太は、舌打ちしそうになるのをこらえた。

そのとき、背後で様子を見守っていた総務部の赤坂が、ふたりと記者たちの間に割って入ってきた。

そして、まだなにか話そうとする諒太を背後に押しやり、記者たちを見回した。

「そろそろお時間ですので、会見は終わらせていただきます。これ以上続けましても、社長がどれだけ奥様を溺愛されているのかを延々と聞かされるだけだと思います。皆様の貴重なお時間、これ以上無駄にはできませんので、ご了承ください。なお、十分おわかりいただけたかと思いますが、簡単に言えば、白石ホテルは経営状態も社長の機嫌も良好ということです。以上、ありがとうございました」

そう言って深々と頭を下げる赤坂に、記者たちはごねることなくカメラやマイクを下げた。

何度諒太と彩実を取材しても、幸せすぎる夫婦の惚気《のろけ》を聞かされるだけなのだ。記事にすれば新聞や雑誌は飛ぶように売れ、ネットでも検索数は大きく伸びるのだが、直接諒太から話を聞かされる記者たちにしてみれば、たまったものではない。必要な写真はすでに撮れている今、撤退したいというのが本音だ。

「それでは、ありがとうございました」

そう言って玄関を指し示す赤坂に従い、あっという間に記者たちはホテルを去っていく。

「なんだよ……。彩実が用意してくれる弁当がどれほどおいしいか、まだ話せてないっていうのに」

記者たちのうしろ姿を残念そうに目で追いながら、諒太はつぶやいた。

忙しい中でも毎朝弁当を作ってくれる彩実の素晴らしさを記者に自慢したかったというのに、突然現れた赤坂のひとことで、その機会を失ってしまった。

「赤坂、お前はいつも余計なことを言って俺の楽しみを邪魔するよな。同期だからといって調子に乗るんじゃないぞ」

彩実の腰に手を回したまま、諒太は拗ねた口ぶりで赤坂を睨んだ。

「調子に乗っているのは社長のほうです。奥様が照れて顔を真っ赤にするようなことばかり記者たちに話すのはやめてください」

「お前はバカなのか？　それがかわいくてたまらないんだ」

決して小さくはない諒太の声が、ロビーに響き、ホテルの従業員や客たちがいっせいに振り返った。

彩実はあまりにも恥ずかしく、諒太の胸に顔を埋めた。

「まあ、彩実はいつでもどんな顔でもかわいいが、照れた顔は格別なんだ。覚えておけ。いや、このかわいい顔は俺ひとりのものだから今すぐ忘れろ。わかったな」

重々しい声でそう言った諒太に、赤坂はがっくりと肩を落とした。

「……社長の奥様第一主義は結構ですが、その旦那バカぶりが世間に知られてしまうと白石ホテルのトップへの信用もなくなり株価への影響も懸念されます。ご自分の胸の内にひっそりと納めてください」

「旦那バカだと……？」

「はい、そうです。大好きな奥様とご結婚できて舞い上がる気持ちはわかりますが、社長は白石ホテルの顔です。言動にはお気をつけください。この後の花火大会でも、まさかとは思いますが人前でキスをするような真似は、おやめください」

ぴしゃりと言いきった赤坂の言葉に、諒太は口ごもる。

赤坂の気がかりを裏切らない諒太は、花火を見上げながら彩実とキスを交わそうと密かに考えていたのだ。

どうして見抜かれたのだろうと、がっかりした。

彩実と見合いで再会してからというもの、諒太の思い込みによる厳しい言葉と態度で彩実をさんざん傷つけた。

その謝罪や償いの意味も込めて、まだまだたっぷりと甘やかすつもりでいる。

婚約してから何度か彩実と社交の場に顔を出したが、帰りの車内では、彩実を信用したい気持ちが膨らみすぎてどうしようもなくなった。そして彩実を抱き寄せては何度もキスを落とした。キスをしながら彩実の本当の姿を探ろうと必死だったのだ。

晴香から知らされた彩実の姿と、諒太が目にし触れる彩実の姿との違いに苦しみ、答えを求めてキスを続けていた。

今の諒太は、その答えを出せない中でも彩実を求めていた頃の諒太と同じだ。

どれだけ愛しているかを言葉で伝えても、彩実をつなぎ留められる気がしない。

彩実を渇望する気持ちが強すぎ、おまけにこれまで傷つけたことを悔やむ気持ちも加わって、どれだけ甘やかしても安心できない。

いつまでも自分の腕の中にいるよう、これでもかというほどに大切にし、キスを交わし、愛しても、まだまだ足りないのだ。

彩実を自分のもとにつなぎ留めておけるのならば、人前でのキスなど平気だ。ましてやネットにアップされる程度のこと、彩実がいなくなることに比べればたいしたことではない。

かなり病んでるな……。

諒太は口もとをゆがめ、苦笑した。

「社長、ちゃんと理解していただけましたか？」

「……わかってるよ」

彩実の頭をなでながら視線を泳がせた諒太に、赤坂は眉を寄せた。

「ばれなければいいと思われているかもしれませんが、今やおふたりは誰もがスマホを向ける存在です。すぐに写真をネットにアップされてばれますからね」

「お……おお」

距離を詰める赤坂に気圧され、諒太は後ずさる。

「あの……」

諒太と赤坂のやり取りを聞いていた彩実は、おずおずと顔を上げた。ついさっきまで赤みを帯びていた顔色は落ち着き、口ぶりもしっかりしている。

「奥様、花火を楽しむ最中に社長が暴走するようなことがあれば、きっちりと叱ってください。お願いします」

「でも、あの。私は諒太さんと――」

「あ、そろそろお時間ですね」

時間を気にしていた赤坂は、彩実の言葉を遮ると、ふたりに付き添う警護たちを呼び寄せようと玄関に向かって歩き始めた。

「あの、赤坂さん」

彩実が赤坂を呼び止めた。

「どうした？」

突然自分の腕の中から赤坂を呼び止めた彩実に、諒太は首をかしげた。

「あ、あの……」

まごつき顔を赤らめた彩実は、諒太の腕からそっと抜け出し赤坂の前に立った。そして、もじもじしながらも、しっかりとした声音で話し始めた。

「あの、赤坂さん。花火大会の最中じゃなければ大丈夫ってことでしょうか？」

「え？　あの、どういうことでしょう」

彩実の問いかけに、赤坂はわけがわからず眉を寄せた。

「えっと、花火大会が終わって、帰り道とかだったら諒太さんとキスなんてことしちゃっても……いいんでしょうか？」

両手を胸の前で合わせ、うるうると瞳を揺らしている彩実に、赤坂は目を丸くした。

彩実の言葉が理解できない。

「だって……私、諒太さんが大好きで、結婚できてうれしいのは諒太さんだけじゃなくて私もだし……。花火を見ながらのキスなんてシチュエーション、ほんとは憧れてたんですよね。だから……」

彩実はそこまで言って、恥ずかしそうに両手で顔を隠した。

「やっぱりいいです。そうですよね、花火を見ながらなんて、恥ずかしすぎます。それに写真でも撮られたら大変です。我慢しますから今のは忘れてください」

「わ、忘れるもんか」

顔を隠したまま、恥ずかしそうに体を揺らす彩実の言葉にかぶせるように、諒太の声が響いた。

「写真、上等だ。そうだよな。こんな絶好のシチュエーション、それも俺たちは新婚だ。キスのひとつやふたつ、どうってことない。よし、急いで花火を見にいくぞ」

諒太は彩実の言葉に力を得て、すぐさま彩実の手を取った。

「今日の花火は一万発だったよな。だったら俺たちは百発に一度キスをするぞ。ネットにアップされたら〝うらやましいだろ〟って言ってやればいい。さ、早くキスをしに……じゃない、花火を見にいこう」

諒太は高ぶる気持ちを抑えられないまま彩実の手を取り、駆け出した。彩実も引っ張られるようについて走る。

「社長っ。とにかく警護と一緒に行ってください」

焦る赤坂の声に振り向くことなく、諒太と彩実はホテルを飛び出した。

遠目から冷静にふたりの様子を見守っていた警護たちは、焦ることなくその後を追いかけた。

ロビーに残された赤坂は、うしろ姿からでもわかる諒太の生き生きとした様子に胸を熱くしていた。後継者ゆえにいつも気持ちを尖らせていた諒太が、ああも自らの気持ちに素直になっていることに感動を覚えた。その一方で、今夜のネットのランキングにふたりの名前が入るのを覚悟した。

さすがメインスポンサー席。

花火大会の会場で彩実と諒太に用意されていた席は、花火が抜群に綺麗に見える特別席だった。

周囲には同じくスポンサーとして花火大会を支援している人たちが顔を並べていた。

その中でも彩実と諒太の存在は目立ち、席に着いてしばらくはふたりにスマホを向けて写真を撮る人たちが多かった。

「わあ、綺麗。それにこの音。迫力があって怖いくらい」

華やかな花火が次々と夜空を照らし、彩実はそれに歓声をあげ続けている。

「諒太さん、見て、あれってしだれ柳よね。すごく大きくてびっくりした……」

花火に夢中になっている彩実から、諒太は目が離せない。

本当にかわいくて仕方がないのだ。これだけ近くにいるというのに、彼女を求める気持ちに終わりはなく結婚した今でさえ、彼女のすべてを自分だけのものにしたくてたまらない。

諒太は、彩実の肩を抱き寄せた。

瞬間、ハッとしたように彩実が諒太に顔を向け、そして。

「花火中だけど、いいのかな？」

次第に近づく諒太の顔に照れながら、彩実はささやいた。

「……いいさ。さっきもあれだけたくさんのスマホを向けられたんだ。とっくに俺たちの写真がネットにアップされてる。今さら何枚増えてもたいしたことじゃない」

諒太は彩実の額に自分の額を合わせながら、くすくす笑った。

べつに悪いことをするわけじゃない。結婚しているふたりがキスしてなにが悪い。

ぶつぶつと何度もそう言いながら、諒太は彩実をまっすぐ見つめた。

「うん、それもそうだね。あとは、赤坂さんに怒られるのを覚悟しなきゃ。そのときはふたりでごめんなさいって謝りましょうね」

諒太の笑いにつられるように彩実も笑顔を浮かべ、そう言ったが。

「赤坂だって、飯島とキスくらいしてるさ」

「え、飯島さんと？　そんなの聞いてない」

彩実は心底驚き、目を丸めた。

まさかあのふたりが……。

「おい、俺に集中しろ」

不機嫌な声でそう言って、諒太が彩実の頬を両手で包み込んだとき。

『これより、白石ホテル社長ご夫妻のご結婚をお祝いする花火を打ち上げます。ご注目ください』

諒太と彩実の結婚を祝う花火の打ち上げのアナウンスが聞こえた。

そして。

夜空にひときわ大きな大輪の花が広がったとき、諒太は彩実の顔をぐっと引き寄せ、唇を重ねた。

「わあー」

会場全体から、地響きのような歓声があがった。

赤を基調とした花火は、まばゆいほど色鮮やかに辺りを照らした。

観客の顔も真っ赤に染まった。

その間ずっと、諒太と彩実はキスを繰り返していたが、その姿を気に留めたり写真を撮ったりする者はいなかった。

誰もが花火を見上げ、その美しさに夢中になっていたのだ。

そんな中、彩実と諒太は、花火の華やかさに負けないほどの熱量で互いに夢中になり、そのまま熱く甘い夜を過ごしたのだった。

番外編　完

# あとがき

こんにちは。惣領莉沙です。

『冷徹御曹司のお気に召すまま～旦那様は本当はいつだって若奥様を甘やかしたい～』をお手に取っていただきありがとうございます。

今回は、大企業の社長令嬢と高級ホテルグループの次期社長の恋愛物語となっております。設定だけを聞けば、華やかな流れを想像してしまいそうですが、ヒロインが胸にしまい込んでいる過去のあれこれがヒーローを誤解させすれ違いを生んで、じれったさも少々……。

誤解や勘違いは、恋愛初期にありがちな面倒くささであり、解決した後には気持ちを盛り上げるスパイスにもなりますが。

『ここで話せば、うまくいきそうなのに。でも彼女にはできないんだなあ……』などと、じれじれ展開を書きながらの独り言も多かったです。（実際は大阪弁で）

今作が、忙しい毎日の気分転換、そして前向きな現実逃避の一助になれば幸いです。

前回も書いたのですが、執筆にガッツがなくのんびりとしたペースで活動している私にしては、今作はかなりのハイペースで書き上げた思い出深いものになりました。

そして、こうして自分が読みたいなと思うものを書き続けられる幸せを、これまでになく感じておりました。

これからも、ぼちぼちがんばります。


今回、初めてのご縁をいただいた担当編集の鶴嶋さん、そして編集協力の佐々木さん。細かい部分まで丁寧に確認していただき、ありがとうございました。

そしてそして。なんとも大人の色気と切なさ全開のカバーイラストを手掛けてくださった、えまる・じょん様、ありがとうございました。この素敵なイラストに恥ずかしくない素敵な作品に仕上げようと、何度も思いました。結果は、どうでしょうか。

最後になりますが、携わってくださった皆様、そしてなにより読者様、これからも、よろしくお願いいたします。このご縁が末永く続きますよう、いっそう精進いたします。

惣領《そうりょう》莉沙《りさ》

惣領莉沙先生への
ファンレターのあて先

〒104-0031
東京都中央区京橋 1-3-1
八重洲口大栄ビル 7F
スターツ出版株式会社　書籍編集部　気付

惣領莉沙先生

## 本書へのご意見をお聞かせください

お買い上げいただき、ありがとうございます。
今後の編集の参考にさせていただきますので、
アンケートにお答えいただければ幸いです。

下記 URL または QR コードから
アンケートページへお入りください。
https://www.berrys-cafe.jp/static/etc/bb

この物語はフィクションであり、
実在の人物・団体等には一切関係ありません。


# 冷徹御曹司のお気に召すまま

## ～旦那様は本当はいつだって若奥様を甘やかしたい～

2019年11月10日　初版第1刷発行

著　　者　惣領莉沙
発 行 人　菊地修一
デザイン　カバー　北國ヤヨイ
　　　　　フォーマット　hive & co.,ltd.
校　　正　株式会社鷗来堂
編集協力　佐々木かづ
編　　集　鶴嶋里紗
発 行 所　スターツ出版株式会社
　　　　　〒104-0031
　　　　　東京都中央区京橋1-3-1　八重洲口大栄ビル7F
　　　　　TEL　出版マーケティンググループ　03-6202-0386
　　　　　(ご注文等に関するお問い合わせ)
　　　　　URL　https://starts-pub.jp/
印 刷 所　大日本印刷株式会社

Printed in Japan

乱丁・落丁などの不良品はお取替えいたします。
上記出版マーケティンググループまでお問い合わせください。
定価はカバーに記載されています。

ISBN 978-4-8137-0785-1　C0193